天使の微笑み・目次

天使の微笑み

一雫の涙

妻の口癖は、生まれたときは致し方ないにしても、縁あって人生の後半は共に生きて来たのだから、せめて死ぬときは一緒に死にたいということであった。

妻に先立たれた今、私は、俄かにその妻の言葉の信憑性が理解できたと思った。伴侶を喪うと、怺えきれない淋しさに襲われる。悲しみならまだ何とかがまん出来る。しかし、空白に滲みる水のように、淋しさとなるともうどうしようもない。溢れ出るとすべての感情が渦になって全身から脱落していくのであった。妻が今どこにいるか判っているなら、私はそこへ行きたいと思った。これは後追い心中に近いものかもしれない。

六月二十二日午後十時二十二分、妻は七十七年の生涯を終えた。死ぬ数日前から腹水がたまり、肺まで冒され、呼吸が苦しそうであった。顔も浮腫《むく》んできた。

安らかな死というものはどうしてないのだろう。さんざん痛めつけられて息を落とすのが人間の死であった。妻は目尻から一滴涙を流した。片足義足の私を残して死ねないとよくいっていたが、そうした妻の思いはまさにくつがえされようとしていた。どこで願いが狂ったのか、これ以上の無情があるだろうか。遂に夫より先立つ自分を感じて妻は涙を見せたのだろう。

看病に疲れていた私は妻を見守っていた会社の女性の一人に、何かあったら連絡するようにとたのみ家へもどった。その直後、その女性から血圧が計れない、ご主人を呼んで下さいと看護婦に言われたと連絡が入り、私は急遽病院へ引き返した。

私の会社はタウン誌を出しているので彼女らに文学や文章指導もして来た。それで彼女らは私のことをときには先生とも呼んでいたが、耳許で、もうすぐ先生来ますよと言うと妻は涙をにじませ頷いたといった。私が駈けつけるまで何としても妻は生きていようと頑張っていた。病室に入るなり私は妻の名を呼び、手を握った。そのとき目尻から涙が一滴流れたのであった。この一雫の涙は、日頃自分の願っていた人生と、何とかけはなれたものになったろうという悔しさがこめられていたのだった。

私はこんな切ない思いで妻の涙を見るとは思わなかった。妻の涙を私は小指で拭きながら、心配しないでいい、ぼくももうすぐお前を追いかけて逝くからと、心のなかで呟いていた。

四ヵ月ぶりに死体となって妻は家へ帰って来た。寝た切りでもいい、車椅子でもいい、いずれにせよ、まだ命のある状態で家へ連れ帰りたいという思いもかなわず、魂と冷たい骸となって妻は家へ帰るしかなかった。しかし床に横たわって天井を向いていた妻の死顔を覗いたとき、私はこんなにも静かで、こんなにも美しい死顔は初めて見ると思った。妻はすべてを恕し、すべてを悟って死んだのだろうか。もう二度と語ることのないきめの細かい、すべすべした頬の肌に私はいつまでも触れて、なごり惜しんでいた。

今年に入ってしばしば妻は、疲れたと言った。札幌にいる一人娘とその疲れについて電話で話しており、そのつど娘は、もっと食べなければ栄養失調になると、母の食べる量の少なさを批判していたらしかった。

娘の忠告を妻はどれくらい聞き入れていたか判らない。私に朝食を作って会社に送り出すと、夕方まで一人になるので日中はめんどうがって何も作らないし、かんたんな昼めしですますことが多かった。若い頃から私と違って食べることがあまり好きな方ではなく、ビールを飲み、つまみ程度で食の方はごまかしていた。

基礎体力があったから、それで手術に耐えられても、それ以後の検査や治療にはどうだったのだろう。

今でも妻の病のことになると謎が多い。二、三日血尿がつづき、診断の結果、膀胱に腫瘍が出来ており放っておくと悪性になるから、一日も早く切除したほうがよいといわれた。これが事の始まりで、入院して手術することにした。妻は七十六歳で、かりにその腫瘍がガンであっても、年齢から考えて急速に増殖することはあるまいと考えていた。しかしこれが誤りだった。二次的治療をしてくれた若い放射線科の医師が私の娘に、あなたのお母さんのガンは、ちょっと油断するとたちまち増殖し気が抜けない、しかし医者泣かせだけど、これもあなたのお母さんの個性なんですとも言ったらしかった。娘はその医師の言葉で救われたといった。どんなに悪質なガンでも母親の個性であれば、それはもはやたんなる悪ではなかった。人間性を秘めた悪で、受け入れるしかなかった。

今回のことで私が心にひっかかるのは、手術すべきか、すべきでなかったかであった。医者の言葉は重い。医者がこうだと言えば、患者も家族もそれを信じてしまう。

妻は最初手術を拒否した。しかし、一日のばすと悪性の腫瘍に変ると言われて手術に踏み切った。しかし、翌日、人工肛門までつけて、腫瘍のある膀胱が剔出できなかったことを知った妻はだまされたと、私に疑問を訴えた。そして医者からよく訊いてくれとも言った。妻が釈然とできない訳は説明や表現のしかたが適切だったかどうかだ。診断とは医師の判断や見解や説明まで含まれるのだ。今の医師はそれについてどれほどの心得があるのか私はその点に不信を抱いている。主治医の言うには、こういうガンは初めてだ、あっというまにからだの臓器をあちこちかけめぐったというのだった。これでは説明にも何にもなっていない。

あらかじめそれが解っていたら手術する必要があったのだろうか。手術してもしなくても妻の命は数ヵ月くらいのものだったろう。それなら誰しも手術しない方を選んだだろう。しかしそうとばかり言いきれない心が私にある。手術というのは最後の手段で、もしかして良い方向へ向うかもしれないと、そういう賭けのようなものもまた医学であり、医術であり、人間に宿命としてそういう医にたいして信仰に似たものがあるのであった。

妻がある日医師に、もう私を見放しているのね、と言ったことがあった。いっこうに快癒に向わないので妻はいらだって言ったのだった。見放してるならこんなに一所懸命に、なんとか治したいと頑張りませんよ。するとと若い医師は、真っこうから、まともな顔で応じてきた。私は彼に、妻はみんな一所懸命やってくれていることを知っている。しかしよくならないことを心の底で感じていて悔しがっているのだから、医者としての信念をもって大らかに接して欲しいと心中思っていた。

私が妻を知ったのは十九歳だった。結婚したのは五年後の二十四歳のときだった。私は七歳で右足を失い、役立たない人間として差別されて来た。勿論結婚は反対された。今と違ってその頃は障害者ほど厄介な者はいなかった。恩典も何もなく、障害者を守る制度もなかった。その厄介者を夫にしてもいいと何の打算もなく思ってくれている一人の若い女に、両親は戸惑いながら感謝していた。

私は周囲の私への評価の低さに驚いていた。一体私には何の価値もないのか。ありきたりの青年より、私ははるかに自分の方が何事においてもまさっていると思っていた。

何より私にとって嬉しかったのは、片足義足で入ることの出来る学校もなく、排除されて生きて来た私のなかに、妻は絵画と文学の才能を認めて、この二つは今のところだれも認めていないようだが、私はあなたの才能が開花する日が来ることを信じているといってくれた。これだけで私は幸福だった。まだ海のものとも、山のものともつかぬ私の能力を最初に認めたのは妻であった。

私は自信がついた。気に入っていた女性から称讃されただけで無名の芸術家を優れた芸術家にした例は少なくない。妻の愛は、燎原の火のように、次々私の自惚れを自惚れ以上のものにしてくれたのであった。

当時私は出来たばかりの新制中学校で絵画の時間講師をしていた。後で判ったことだが、若い独身の教師たちの間で抜駆けが出来ないように、「池田（妻の旧姓）富美子先生を守る会」というのを作っていたそうだ。しかし私は正式な教員でないからその規則に縛られていなかった。そういう約束ごとが教師たちの間にあることさえ判らなかったから勝手に事が大学病院から来たときは、早く手術に踏み切らねばならない悪質なもので、開腹しても、すぐ閉じることもあるかもしれないとの百八十度の診断変更だった。私は、ここ二年ほどの妻の姿を思いうかべてみたが、まったく予測できないところでじつに悪質なガンが、妻の肉体深くに潜行しようとしていたのかもしれぬと考えると、個人の顔だけあるというガンの底知れぬ深淵をのぞかされたような不安につつまれたのであった。

素朴を愛し、贅沢を嫌い、もとより宝石や指輪をひとつとして身につけたことがなかった妻が、好きな洋服を着け、食事の仕度もしなくてもいい贅沢三昧な旅行がしたい。勿論、あなたも一緒よ、旅費は全部私がもつわ、持っているお金がつきたところで一緒に死にましょうと、真顔で、しかも夢見るまなざしで言ったことがあった。見えないところでの、もう治療方法もない病魔が言わせた言葉でもあったろうか。肉体深く潜行していたかもしれぬ悪質な、そしてまた個性的な病魔は、富美子にさまざまなドラマを吹き込んでいたようでもあった。そのドラマとは何か。妻の死を見つめ、病と、妻をおとなったとつぜんの物語に、死の構造を明らかにする手掛りがあるかもしれなかった。

天使の微笑み

この作のタイトルは、妻があるものを見ているときの表情のことだ。じつにあどけない顔になって見惚れていた妻に、私は思わず「天使の微笑みだね」と言ったのであった。すると妻は、「天使の微笑みって、人工肛門のことですね」と、病室のベッドに横たわったまま人工肛門を覗き込んでいた。主治医は人工肛門なぞ見てばかりいないで、もっと前向きになった方がいいと言ったが、妻の人となりを誤解している言葉だった。

妻が人工肛門を見つめ、話しかけたり、手で透明な袋の上から撫でたりしているのは、後ろ向きどころか、この新しく自分の排便を助けに来た人工肛門がいとおしくてしょうがないのである。夫の私に、ね、順一さん（結婚して以来妻は私をそう呼んでいた）、よく見てよ、綺麗で梅干のようで可愛いでしょう、天使の微笑みでしょう、といかにもうれしそうにいった。

これはむりをしているのではないのである。もう妻は人工肛門という障害を受けいれているのであった。大概の患者は絶望するのだろうが、彼女は私を知った時点ですでに、本物ではなく、人工という偽物をいかに熱愛したか、その姿を私は見てきていたのである。

まだ結婚前のことだった。家へ訪ねて来た妻は、七歳から三年間、私の切断した右足の代りをつとめ、何度も丈を継ぎ足した義足を見て、「これがあなたの、少年のときの義足なのね」とその子供の頃の義足をしかと胸に抱き、「義足さんありがとう、私の好きな人の歩行を助けてくれたのね、とても可愛いわ」と言ったのであった。

私は、人工肛門を見つめ、いとおしそうに撫でていた妻の姿に、五十数年前の、私の最初の義足をしかと抱いて愛着を見せた妻を思い出していた。しばしば第三者は間違うものだが、この誤解は先へ行って大きなものになることもある。障害というものを、マイナスの姿と捉えても、それが個性にもなるというプラスの姿として見ることがむずかしい。教師とか医師とかはマイナス思考が強く、概念から抜けきれないのである。それで私はいつも私の個性や本質が無視されて来たと思っている。それは不本意この上もないことであった。それだけに、人工肛門を愛でる妻を見ることは私に安心と幸せを与えた。

退院しても妻は明るく生きられる。何度か便の始末に失敗してもすぐ立ち直るだろう。そのうち手早く上手に出来るようになって、どんな型の服がいいかお洒落にも関心を向けるだろう。互いに労りあいながら静かに暮していけるだろう。妻の人工肛門を見る笑顔に私はそう思っていた。それだけに退院も出来ず、病院のベッドで死んだことが残念であり、悔しいのである。

人間はいつ死ぬか判らないから生きていられる。それにしても三月の初めに入院し、手術し、放射線をかけ、一度も歩かずに、腹水がたまって六月二十二日に死んだことはどう考えたらいいだろう。入院前はさっそうと街を歩き、年齢に合わない姿勢のいい歩き方をだれからも羨まれたものだった。あの元気はとつぜん失くなるものなのか。

去年だったろうか、妻は外を歩いていて急に呼吸が困難になるくらい疲れて道端にうずくまったといった。そこに幼稚園児がかけて来た。おばちゃん、どうしたの、疲れたの、とその子に言葉をかけられ、すごくうれしかったといった。幼稚園児の言葉は魔法の言葉だったのか、妻は元気になって歩きだし、もうおばちゃん元気よと言った。すると、その子はにっこり笑ったという。

家へ帰るなり妻は、湯川生協で買ってきた野菜やウーロン茶や私の頼んだポカリスエットを取り出し、冷蔵庫に納めたあとで、今すぐにでも幼稚園の先生にならないかと言われたら、私はなりたいと言った。この言葉の背後には娘のこともあった。今では娘は二児の母でたくましいが、妻が教員をしていた子供のとき、学校へ出掛ける母の姿を玄関先で、早く帰って来てねという顔をして見送っていた。職がなく、人形の下絵を描いて生活のたしにしていた私は妻の働きで助けられていた。妻が学校から帰る頃合をみて娘を連れて、市電の停留所まで迎えにいったこともあった。

妻の死んだあとでは、こういう場面を思い出しても涙が先行するが、妻も晩年病む身の中で、娘が成長するまで十分に母の愛がいきわたっていたろうかと考えていたかもしれなかった。幼い子供を見る度、若かった頃の母として何も手をかけられず、近くに住んでいた私の母の手をかりていたことが淋しさとなって思い出され、娘にしてやれなかったものを、老いた今取りもどせないかと、幼稚園児の親切に見惚れながら考えていたのであろう。

人間は死に向って歳を取るのだが、そのプロセスの中で、死がどんなふうに仕度されているか誰にも判らない。誰もが納得いく形で死が仕度されていることは稀なことではないだろうか。当の本人でさえ自分の最期の姿は判らない。それどころか死は、思ってもみない形でやってくる。

妻は晩年人に会うたび言っていたのは、七歳から片足のない、現在七十歳すぎて苦労して義足を操ってタウン誌を出している夫の死を、きちんと見とどけないと自分はとても死ねないということだった。

埴谷雄高さんが亡くなる二年前、私は妻を連れて埴谷さんのところへ行った。埴谷さんはこのとき私の妻と初めて会うのであった。一目見て、自分がとても気にいったり、共感できたりする人物に出会うと、妻はすぐに胸襟をひらく。あらいざらい、日頃思っていることを言いたくなるタイプの人間なのだ。しかし埴谷さんは別に驚きもせずに、妻の言葉に耳をかたむけていた。

妻はこういったのだった。「私は夫に才能があると思って信じています。これからも、もっといい仕事をすると思っているんですけど、埴谷さんはどう思ってくれてますか」

「いや、ぼくも『文鳥』という小説、三十年くらい前ですか、あれ以来彼の才能を高く買ってましたよ」

そのあとで妻は、結婚して四十年たったけど、今私ができることは、この人にいい仕事をして貰うための環境を作ってやることと、この人より先に死なないこと、この人の死を見届けないと死ねない、七歳から主人は片足で生きてきた人です、私が先に死んだらこの人はみじめです。でも、ふと、先に死ぬこともあるのだろうかと不安になることもあるんです。

埴谷さんの妻を見ていた目の光が心なしか強くなった。その光をたたえた目でまっすぐ妻を見つめた。いったい妻の何が、この文学界の大御所である埴谷さんの心を動かしたのだろうか。夫の面倒を見て来た女房ならいっぱいいる。この人より先に死ねない、それが先に死んだらどうしようという不安に囚われて苦しくなるといったことだろうか。函館へもどって間もなく、埴谷さんから妻宛に小包が届いた。本が二冊入っていた。一冊は私宛、もう一冊は妻宛で、妻宛の本は『無限と中軸』だった。手紙もあった。「あなたの、ご主人の母上とご主人を見送るという話に感心したまま、私自身のことを忘れていました。私自身はもうあとが長くありません。それで帰られるとき、本を差上げるべきだったことを忘れていて、いま署名した本を送ります。寒いところで、どうか御元気で。一九九一・三・三一」

思いがけないことで妻はびっくりし、感動し、いつまでも本と手紙を手にしていた。

それから十二年経った三月、妻はガンの疑いで膀胱を剔出する手術をしたが、成功しなかった。最後の手段として尿道も肛門も人工にさせられ、放射線の助けをかりた。病の進行はきびしいものであった。からだ中に管をとおし寝た切りで、ときどき淋しそうに、退院しても前のようにあなたのお世話できないわねと言った。

「そんなことはいいよ。生きていれば話ができる。ぼくの世話もお前の世話もヘルパーさんがやってくれるよ」

私は前立腺ガンで尿が出ず、二度膀胱と尿道の入り口をレーザーメスで焼いているから、妻はその私の面倒が見られなくなるのを悲しんでいたのであった。一時は私のほうがガンが悪化していたが、妻が放射線をかけるためにK病院に転院したさい、私も放射線をかけた。娘の話だと妻はその間も死線をさまよっていたが、私の方は逆に放射線の効果著しく、奇蹟が起こったみたいにマーカー数値も三ケタから二ケタに下がり、快癒の方向に向っていた。そういう私を見て、あなたは元気になっていいわね、と妻は言った。

妻の葬儀をすませたあと、私は教え子や教員時代の同僚たちに、告別式の代りにお別れ会を、妻の好きなラフマニノフのピアノ協奏曲をかけてしたいという案内を出した。八十人集まった。良いお別れ会だと言ってくれた。

その日、妻の遺影の前で、久しぶりに娘と話をしていると意外なことを聞いた。K病院で放射線をかけていたとき、高熱がつづき、下げるためにステロイドを使ったというのであった。

ここでちょっと説明を要するが、妻が膀胱を剔出するために入院した病院には放射線科はなく、放射線治療のためには転院しなければならなかった。ところが移ったところは泌尿器科がなく、手術のあとの治療のときはまた病院を移動せねばならなかった。しかし寝たきりなのでそれが出来ず、専門的な治療を受けられず、それが妻にはかなり不満のようであった。地方都市の病院も医療行政もまことに不備で、それが妻の死を早めたかもしれないと思っている。

ステロイドで熱を下げ、放射線科の三人の医師は妻の剔出できなかった膀胱のガンをなんとか小さくしようと万全を尽くしてくれた。一時は放射線が何回までかけられるかという不安と心配があったらしいが本人もがんばって予定通り二十六回かけられた。そんなある日、私の誕生日が来た。私は妻の病室と廊下一つ隔てたところに入院し、放射線治療を受けていた。からだを器具でつながれていないから妻のところに日に何度も車椅子で往来できた。その日も妻の病室へ行くとベッドをたてて私を待っていた。顔色がよかった。化粧もしていた。主治医は綺麗ですよと言ってくれたらしかった。思わず私も数日ぶりの、明るい、化粧をした顔を見て、とても元気そうだよと言うと、前髪を気にして、少し切りすぎたのね、裕子さん（私のところで事務の仕事をしている女性）に切りすぎたというと、またすぐのびるから、そんなに気にしないでって言われたけど、変でない？ 変どころか額が広い方が可愛いよ。

私の七十四回目の誕生日、妻は病室で使う白地に青いチューリップ模様のタオルを、私と同じお揃いよ、と手渡した。そして、また、額の切りすぎた髪を気にして、手でのばしながら、順一さん、お誕生日おめでとう、とかつてないさわやかな声で私に言ったのであった。

妻にすれば私の前立腺ガンはかなり酷いものだと思っていた。それは妻が入院する前、私が最初にかかった主治医から、ガンが骨に転移して真黒くなったレントゲン写真をみせられ、一年は大丈夫でしょうと言われていたのだ。そして痛みがひどくなればモルヒネの量がふえていくのは仕方ないという説明だった。それで夫は死ぬのではないかと危惧を抱き、それを会社の女性に淋しそうに語っていたというのだ。

しかし結果は逆転し、私は生きのび、健康だった妻は、一時放射線でガンは小さくなったが、反動なのか新たな攻撃なのか再びガンは妻のからだにはびこって、もとの泌尿器科へ移って一ヵ月たらずで死んだ。

しばしば私は、妻をこんなにも早く死なせたのは、若い医師との間で、私が手術に同意した軽率さにあったろうかと思い、胸がいたむのであった。三月は異動の時期で、手術をすすめた医師も道東へ行くことが決まっていた。そういう時期は手術に応ずるなと病院の事情に詳しい人がのちに言った。

妻の死後、私がたびたび思い出すのは、人工肛門を見て、順一さん可愛いでしょうといった顔だが、なぜ妻はあれほど人工肛門に見惚れ、愛したのだろう。妻は笑みを浮かべて、いまガスが出た、袋をあけてガスを出すから臭うわ、窓をあけてね、といった。

臭いがした。それを消すスプレーを私はまいた。くったくない笑顔で妻は私をみつめ、ありがとうと言うのであった。

切なくなると、人工肛門を見ていた妻のあどけないまなざしを思い出す。その度ごと、私は、人工肛門を天使の微笑みと言った妻の、心の底を知るような気がするのであった。

一人三役

七月二十日、函館の洋食店の老舗、五島軒本店〝巴の間〟での、妻のお別れ会を、しっとりとした良い会だと言ってくれた人が多かった。

女学校時代の友人の一人が語ってくれた妻の思い出に、私の知らない妻の姿があった。この友人は繁華街でカウンターが主のバーをやっていた。

私は下戸で酒は一滴もやらないが、妻は酒のうちでもとくに、若いときはブランディを愛し、大好きなクラシック音楽を聴きながらよく私に、あなたが酒の味を知ったら、もっといい小説が書けるのにと言っていた。

二人で妻の好きなラフマニノフのピアノ協奏曲を聴くときは、妻はブランディにチョコレートをかじり、私は苦味の強い珈琲を飲んだ。ブランディはラフマニノフの旋律をいっそう美しく聴かせていたらしい。

教員生活を妻は三十五年勤めた。友人が語った妻はまだ四十代の頃であったろうと思われる。すでに上席で、ストレスがたまっていたのだろう。それで友人を訪ね、そこでブランディをかたむけ、クラシックに聴き惚れていたという。その友人に帰りしな、ああ、これですっきりした、また明日から頑張れると妻は言った……、私は妻が、ときおり友人のバーでブランディを飲んでいたことは知っていたが、それがたまったストレスの解消のためとは少しも知らなかった。

そのストレスのなかには学校生活だけでなく、私の憂うつな日常生活も含まれていたにちがいなかった。私は鬱性の強いノイローゼに悩まされ、電車の音に怯え、事務所へ行って仕事をせねばならないのにその肝心な電車に乗れず自室に閉じこもっていることが度々あった。まさに今いうところのひき籠もりのはしりであり、そんな私を見て、妻は小学生の娘に、お父さんが元気ないと張り合いがなくなると言っていた。

女学生の高学年のとき、妻は担任に呼ばれて、君は小学校の先生になる素質があるから女子師範へ行きなさいと言われた。女子師範は札幌にしかなく、函館から札幌へ行くことになった。それは昭和十八年の頃で、女子師範を卒業したのは終戦を迎えた年、昭和二十年の三月で、函館、湯川国民学校に勤めた。

終戦になってアメリカが上陸して来ると、GHQの方針で日本の教育界はがらっと変った。従来の小学校六年・中等科五年が、小学校六年・中学校三年・高校三年になかば強制的にかえられた。湯川国民学校に勤めて間もなく、富美子は、新しく出来た市内で一番大きい的場中学校の音楽教師に迎えられた。彼女の念願は音楽の教師になることだったから、希望がかなえられた。私は彼女から遅れて半年後、絵画の先生がいないということで、その美術の時間講師になった。

こうして私たちは出会うことになったが、この出会いは彼女に幸福だったろうか。「道南女性史研究第四号」に妻は、後輩に当たる村元成子女史のインタビューに応じて、こういっている。

「的場中学校で同僚だった木下との結婚を、他の教師は笑った。恋愛と結婚は別のものだ、あの男は恋愛の相手でも決して結婚の相手ではない。生活能力、生活感覚が全然ないと親も友人もたしなめたのです。木下は国学院大学で四年間学ぶために函館を出ます。一役買った校長が私と彼の仲をひきさくことが目的だったのです。しかし二人は冷静な心で相手をみる期間にしたのです。冷静になるとかえって互いのよさが判り、二人の間を近づけることになったんですね。文通は柳行李に一杯。出来ればこのまま東京で就職したいと願ったが、身障者故に木下はどこへいっても不採用。私だけが都内の中学の採用試験に合格しても目的はかないません。最後まで親の反対にあいましたが結婚しました。昭和二十九年十一月二十三日勤労感謝の日です。木下二十五歳、私が二十八歳になったときです。反対を押し切って結婚したため、親の援助は望めませんでしたが、長女を出産した時代は産休補助教員制度もあり、有りがたく思いました。ネンネコにくるまれ、背中で寝る娘と通った二年間は、いまもときどき思い出すと辛い日々でした……」

ここで妻は娘にたいして母らしい愛情がかけられなかったことを追憶する。それは小・中・高校の入学式・卒業式はいつも自分の学校とぶつかり、いくら娘のこととはいえ、学校を休むわけにはいかないからである。(しばしば妻は、学校生活ではときには個より公が優先するといっていた。それに絶対に休めないのはピアノが弾ける先生は妻しかいなかったからである。大学の入学式にも妻は娘についていかなかった。）

それでこう語る。「母親であっても、母親らしい愛情をかけてもらえずに育った娘に、一度だけ母親の気持を伝えることが出来た、それは中学校弁論大会の校内予選に出場する日でした。『小さな親切』と題する弁論が二位の入賞を果たした娘を見て、やっぱりきてやってよかった、聴いてやってよかったと思いました」

取材した村元さんはこのときの妻の発言について、初めて母の心になれたんじゃないか、深い感慨を覚えた、と書いたあとで、富美子さんは女性というより一家の経済生活を支えてきた大黒柱でもあったから、教師、母、妻、さらに夫の役もつとめ、一人三役どころか一人四役をこなさなければならなかった、とつづけ、それをやり遂げていたであろうと言う。

夫婦というのは、一緒に暮しながら互いに互いを見ていない時期というものがあったということを、村元女史の取材記事を読んで私は判った。妻は中古の家を住宅資金をかりて購入し、私の両親を呼んで同居することになった。家庭内の仕事を分担し、妻は勤めに専念し、娘や夫の食事の世話を私の母に一任した。生活が軌道に乗ったが、まもなく娘は病気をし、夫である私は鬱性の強いノイローゼから自殺さわぎを起こした。もしかすると妻の一番暗い辛い時期であったろうか。友人のカウンターが主なバーで、妻が音楽を聴きながら一人ブランディを傾けていたのも、このままいくと夫は廃人になってしまうのではないかという苦しみからだったろうか。このことについてはまた後で詳細にふれたいと思うが、こうした折り、ふと妻の心をよぎったのが、「親の反対を押して意志を通した自分が、こんな形で報復を受けようとは思わなかっただけに辛かった」という言葉だった。

これだけでは何のことか判りにくいから、いささか説明を要するだろう。

私の妻は女三人男一人の末っ子だった。男の子は兵隊へ行き、復員後肺結核で死んだ。妻の母は若いときから夫を病で失い女手一つで子供を育てて来た。とくに末っ子の富美子には将来嫁に出すにしても婿を貰うにしても一緒に住もうと考え、高女を出したあと札幌の女子師範へ入れ、女一人でも生活できるように教育した。

妻は私を知る前はいつも、立派な先生になり母さんと一緒に住むからね、と言っていたようだった。

しかし、私と出遭うと彼女の親孝行は急変し、教員の資格のない片足義足の、どこへいっても障害者ということでアルバイト程度の仕事しかない男を愛したのだった。傍から見れば、まさに妻は愚かな女として映ったろう。彼女の母や姉やその連れ合いからすれば、年下の男を物心両面にわたって面倒をみることでしかないこの交際も結婚も許される筈はなかった。当然反対にあい、私を美術の時間講師にした校長も一役買って、十九歳の少年と二十二歳の女性は今は夢中だが時間をおけば自然に別れるだろうと考えた。

校長は私の父を呼び、息子の将来を考えたら、あの才能は眠らせておくにはおしい、むりしてでも東京の大学へ上げなさいと言った。

父は多分迷ったと思う。貯えも何もないからだ。しかも敗戦で職を失い、その日暮しの生活だ。とても障害のある息子を東京へ送り出して全面的に援助出来る筈がない。にもかかわらず、父は私を東京へやることにして帰って来た。

翌年、遅れて上京した私は、日本文学では名の知れた国学院大学の文学部へ入った。私はもともとフランス文学を学びたかったから一年もたつとあきて来た。翌年司書の資格を取るため文部省図書館職員養成所へ移った。本心は、父の負担を少しでも軽くすることだった。官費で授業料がいらない。――二年間で司書の資格が取れた。
三年間東京にいた私は好きな文学書を読み耽り、詩や小説を書き、ある人の紹介で埴谷雄高氏を知って、リラダンを真似た『怪物』という短編を見て貰った。小説を書く能力なしと言われたら私は創作はあきらめ、文学の研究者になろうと思っていた。ところが埴谷さんは私の未知数の創作能力を評価した。このまま進んでいけば何かいい物が出来ると思います、と言って。(四十数年ぶりに埴谷さんを尋ねたとき、埴谷さんは学生時代の私の記憶があるようで、連れていった初対面の妻に、何十年会わなくても憶えているものは憶えております、と手で頭の一部分をさわりながら、当時の木下君の面影はこの辺にのこっていますと言った。妻はそんな埴谷さんの言葉に鼓舞されてか、「私の夫の文学的能力は」と尋ねたものだった。)

司書の資格をとって東京に妻と住むことにしていたが、障害者ということでどこも不採用、致し方なく帰郷することにし、埴谷さんを訪ねた日。これこれしかじかと言うと、あと十年は東京時代ですね、地方は不利です、残念ですね、でも仕方がありませんね、頑張って下さい……

以後、埴谷さんとは文通と同人誌を送るつきあいで、私の、「表現」に書いた『文鳥』

が「文學界」に推薦されたとき、埴谷さんから、感覚的に鋭くなった、一層の精進をして下さいというはがきを貰った。

〝一人三役〟の取材記事で、もう一つ私が注目したのは停年五年前に教員をやめて一人の主婦にもどろうとした妻の決意である。

村元さんにこう言っている。

「娘が幼いとき、母らしいことを何一つしてやれなかった。その母の部分を今からでは遅いが、演じてみたい。教師だけの生活に三十五年没頭して来たが、私は私の人生を生きてこなかった。これからは好きなショパンやシューマンのピアノ曲を弾き、かな文字を書き、忘れて来たというより、押えて来た妻としての有り方を改めてみつめることをしたい……」

インタビュアの村元さんは最後にこう結んでいる。身体の弱い若い文学青年との恋をつらぬき、一人三役を通して来た木下富美子さんに女教師時代の話を語って貰った。互いに親近感がわいたのも、大学の先輩後輩ということもあろうかと思うが、何より、教師というのは男女区別ない職場だけに富美子さんは女の部分を影に置いてきた。その影に、自由という光があてられたとき、隠されていたものが開花したのだろう。今まで押えていたものを、一気に吐き出したかにみえ、これからの人生がゆっくりした気持で伝わってくる。「妻として、母として私は生きる」この言葉がいつまでも余韻となって耳に残っている。

この記事の中に私は率直な妻の情熱と気持を読み取って、どこへいっても妻は自分を飾らず、ありのまま、正直にしか語れない女だと確認した。

しかし世間の一部はまるで違う反応をした。片足の男に財産があったから結婚したのだろうとか、記事の内容はいい気になっているという勝手な評価だった。

妻が昂奮して帰って来たことがあった。一人三役なぞ出来るわけがない。嘘ついてるか誇張だといわれたらしい。悔しいわ。正直に言ってるのに。私はいつだって歌劇『トスカ』の心境よ、「歌に生き、恋に生き」あなたのために生きているし、音楽は最高の教育よ。そういって妻は嗚咽した。よほど悔しかったようだった。

「ぼくがお前の一人三役を認めているんだもの、それでいいじゃないか！」

妻は、涙を拭いてにっこり笑った。

その笑顔を見て思い出した。まだ娘が二つか三つくらいのとき、私は妻が学校から帰って来る頃をみはからって実家の母のところへ預けてある娘を連れにいった。私が迎えにいくとそれは何を意味するか知っている娘はうれしそうにはしゃいだ。母は、またあしたねと娘に言うと、お父さんは足が不自由だから、途中でおんぶとかだっことか言わないのよ、と義足の息子を労ることも忘れなかった。しかし娘はまだ父親の足の不自由さを実感できていない。だから途中まで来ると、おんぶ、とか、だっこ、とか言った。私は娘を肩車して、何が見える？　というと、おかあちゃんを迎えに行こうと言った。路面電車の停留所の方へ歩きだすと、彼方に妻らしい姿が見え、先に気づいたのは娘で手を振った。妻は夕日を背に駆けて来た。じつに幸せな瞬間だった。

『神さまはいますか』

私の十冊目の単行本『神さまはいますか』が、妻の手許に届いたのは死ぬ一日前である。発行日は六月二十日となっており、出版社から直接病院にいる妻宛に、まだ元気な午前中に届き、妻は両手で抱いて、ようやく出来たのねとうれしそうに言った。翌日の夜、容態が急変し妻は突然死んだが、そんな気配はその一日前、見た目には感じられなかった。

この本には妻の思い入れがある。それは表題の『神さまはいますか』ではなく、『文鳥』という、安東・対馬両君たちと一緒にやっていた同人誌「表現」に載せた短編小説のせいである。「表現」に載せる前に、じつは親しかった新潮社の菅原氏に送って「新潮」に紹介して貰うつもりでいた。菅原氏は以前「新潮」の編集者で、『文鳥』を佳いものだから掲載するように頼んでみると言ってくれた。しかし待てど返事がなく訊ねると、「新潮」からはなれて今は「週刊新潮」の編集者なので強く言えなかったという。それで返して貰い「表現」に発表した。

評論家の大河内昭爾氏より季刊文科叢書の一冊として本を出さないかと話があったとき、妻から、短編集なら『文鳥』と『三島由紀夫の謎を歩く』の二編は是非入れたらいいのではないかと提案された。妻が『文鳥』にこだわるのは理由があった。

今から三十年前、妻のはげましがなかったら、私は『文鳥』という小説を書けなかったかもしれない。そのころ私は鬱性の強い神経症で家から一歩も外に出ることが出来なかった。このまま放っておくと夫は廃人になると心配した妻は、ある日、ラフマニノフの「ピアノ協奏曲」を買って来て私に聴かせた。電蓄で聴いた赤ラベルのLP盤の絶妙な音のひびきに陶然となった。ショパンの「ピアノ協奏曲第一番」にも魅了されたがその比ではなかった。ショパンの華麗さと違って力強くしかも繊細だった。魂をゆさぶられ私はいくらか鬱からまぬかれた。

妻は私の感動した顔を見て、セルゲイ・ラフマニノフについて語った。彼の「ピアノ協奏曲第一番嬰ヘ短調」はあまり評判がよくなかった。聴くに堪えないとまで酷評された。自信を持っていたラフマニノフは卒中に見舞われたようなショックを受け、極度のノイローゼに陥った。このままだと廃人になってしまう。その彼を救ったのがモスクワの精神科医で自身もチェロを演奏したニコライ・ダール博士である。博士は催眠療法を繰返し、「あなたの才能は素晴らしい、誰もが瞠目するすぐれた協奏曲が必ずかける……」と暗示をかけた。それが功を奏し、永いスランプから抜け出た後、一九〇一年に完成した「ピアノ協奏曲第二番ハ短調」は一九〇五年グリンカ賞を受賞、今ではチャイコフスキイの「ピアノ協奏曲」と並んでロシアが誇る二大協奏曲と言われている。

ここまでの妻の説明で私は彼女の言わんとすることが判った。彼女は賭けに出たのであった。果たして思い込みが功を奏するか。妻はラフマニノフを救ったニコライ・ダール博士の役を私のために演じようとしていたのである。

私は早くに小説が認められ、当時「新潮」の編集者であった菅原國隆氏に何度か小説の注文を貰った。たまたまその頃、障害者ということで就職はどこからも不採用という通知しか来なかった。東京を諦めて函館にもどったが、東京にいたときのように創作意欲が湧かなかった。都会というある意味では私にとってもっとも相応しい対象喪失が始まったのである。私はまったく気力がなく、何をしても集中力にかけ、そういう状態で書く小説がいい筈はない。私の周辺にはリラダンやラディゲやモーリヤックの理解者は誰もいなかった。スタンダールさえ読んでいない。そんな刺戟のない孤独の中で、佳い小説を書くことは並の努力では不可能で、送った原稿はことごとくもどって来た。また運悪く親しくしていた菅原氏は「週刊新潮」に移っていた。こんなことが二度も三度も起きると、すっかり自信をなくし、スランプが続いた。鬱性のノイローゼで自殺未遂まで起こして精神病院の開放病棟に入院させられた。

いくらかよくなり退院した私に、あなたには文才があるのだから必ず小説が書けますと、妻は何度も暗示をかけた。その都度ラフマニノフのピアノ協奏曲を聴かされた。私も妻の暗示にのって、むかしの自信をとりもどし、『文鳥』という小説がようやく出来たのであった。

昭和五十四年十月号の「文學界」にこの『文鳥』が同人雑誌推薦作として掲載された。私はこのときの反響に驚いた。大阪から出ている名のある同人誌の主幹が、今年度下半期の芥川賞は貴殿の『文鳥』で決まるでしょうと書いてよこした。他にも封書やはがきが何十通となく舞い込んだ。妻は一通一通丁寧に整理し、再度「文學界」で『文鳥』を読み、私もおくればせながらのあなたの門出に拍手するわ、とてもいい小説よ、文章が生きているもの、と言った。

私は妻の、文章が生きているという言葉がうれしかった。そして三十年後、妻はまた同じことを言ったのであった。『神さまはいますか』の中の『文鳥』をさっそく読んで、「やっぱり文章が生きている。少しも古くない。もう一つ『三島由紀夫の謎を歩く』の分析力も立派だわ。文章が美しいわ」とうっすらと涙を浮かべて私を見つめたのである。

このとき妻は三七・五度の微熱が十日も続き、腹水もたまり、からだが大層弱っていた。しかし死の気配はなかった。『文鳥』の背後に、私が若い頃からなれ親しんで来たソポクレスの『オイディプス王』の父殺しの影を読みとってくれたのも妻だけであった。

妻は本を閉じて私に差しのべ、「サインして」といった。

私は「愛する妻へ」とサインして渡すと、順一さん、神さまはいませんよと、強い語気で抗議のような言葉を発した。

「ぼくの心の中には神はいる。しかし、ぼくには宗教がない、教団もない」

妻は怪訝な顔をした。

「どんな神さまなの」

「助けてくれない神だよ。祈っても通じない神だよ。二つのとき結核性関節炎をやり、二・二六事件が起きた年、右足を大腿部から切断し、以後人権思想のない日本で、人間扱いされてこなかった。だが、あまりにもかわいそうに思ったのか、神はお前をぼくにくれた……」

「ちがうわ。神さまは人間から何でも奪うのよ。あなたを選んだのは私だからね、忘れないでよ。神さまは私をあなたにくれた筈がない。ヨブのようにあなたは徹底的に苛められ、苦しめられて来たのよ。本当に神さまが私をあなたにくれたのなら、あなたを見届けてからでなければ死にきれない私の心がどうして判らないの」

妻が嗚咽したので私はこの話はここで打ち切った。

ちょうど私のところでタウン誌の仕事を手伝っている女性の一人が来た。私の誕生日の日、妻の前髪を短く切りすぎた女性であった。一日おきに来て、妻の話し相手をしたり、乱れた髪をとかしたりカットしたり、体をさすったりしてくれていた。

私は彼女に妻を預けて、主治医に会いにいった。二つ、気になることがあった。一つは熱が三七・五度から下がらないことだった。もう一つは尿の量が極端に少ないことで、一日三〇〇ccあるかないかだった。

主治医は、微熱がつづくのは新しいガンができているせいかもしれないと言ったあとで、心配なのは尿の量が一日一日少なくなっていることですね、と顔をくもらせた。

「奇蹟は起こりませんか」

「努力しているけれどむずかしい……」

「するとあとは苦しまないで死を迎えることですか……」

「少し、モルヒネの量をふやすかもしれない」

「しかし会話ができなくなると困ります」

「そうですね、考えます。本当のことをいうと奥さんは、いま心臓だけで生きてるんですよ」

もうこれ以上の説明は必要なかった。私は病室にはもどらずに港の近くの喫茶店へ行った。その隅に坐って珈琲を頼んだが、飲むどころか、涙がとめどなく出て来てその始末に困った。私は最後の奇蹟を祈った。

今年の二月の初め、妻は膀胱から出血した。かなりの出血で本人も驚き、心配になり、教え子だった内科医へ行った。膀胱炎だろうといわれ、十日分の薬を貰って飲んだ。痛みは治まったが、出血が続き、再度内科へ行くと、写真を撮ってみようとなって、その結果、膀胱にガンらしき影があることが判った。それも一つでなく、背後にも影があり、リンパ腺かもしれないと言われた。あとで判ったが、その影が曲者だった。
「でも、まだ小さいから、手術をすればかんたんに治ると思いますけど、総合病院の泌尿器科に行ってみた方がいいでしょう」と、その医師は紹介状を書いてくれた。それを持って妻は私の事務所に訪れたのだが、大変なショックを受けたと見え初めて見る淋しそうな力ない顔で入って来た。いつもは何があっても笑顔をたやさず人に接するのに、そのときばかりは、編集を手伝っている、妻とも昵懇の女性が、奥さん何かあったんですかと、日頃とまるで違う妻の顔に驚いたようだった。

「膀胱炎でなく、膀胱にガンのような影があるって言われたの……」

妻は私より年上の七十六歳だから、かりにガンであっても若い人と異なり、進行は早くないだろう、それにいい薬もあるから、それほど心配しなくてもいいのではないかと私は単純に思っていた。むしろ私は五年も前から前立腺ガンをわずらっており、妻が膀胱にガンの影があると言われたときは私のガンは骨に転移し、モルヒネを飲んでいた。それも一日四〇ミリを二回も飲んで痛みを抑えていたのであった。

「夫婦揃って泌尿器のガンだなんてよほど仲がよすぎるのかな」と冗談を言い、沈んでいる妻の気持をまぎらわそうとした。

仕事の手を休めた女性も、小さいんでしょう、悪質でないんでしょう、それなら早く処置すれば心配いらないですよといった。

「そうね」とうなずきながらも、まだ沈んでいたが、とつぜん、くよくよしてもしょうがないわ、まだ結果が判ったわけではないんだから気分直しに夕食に行きましょう、私がおごるわと、もうすっかり妻はいつもの明るい笑顔の女にもどり、彼女の好きなホテルの中華料理店へ行った。

混んでいたので、隅にむりして席を作って貰った。私と妻と女性編集者ともう一人彼女の姪でタイプを打つのが普通の人の三倍も速い若い女性との四人で中華料理を頼んだ。

私はアルコールはうけつけない体質なので、ただ食べていた。妻と女性たちはビールを飲んだ。妻はジョッキ二杯も飲んで、おいしいわ、こんなにビールがおいしいんだもの心配いらないわねと言った。

顔色もよかった。妻はいつも少食だが、その日はビールが入ったせいか、好きな物をつぎつぎ注文して食べた。

しかしこれが四人で外で食事をした最後であった。

間奏曲

十字街で路面電車を降りると、目の前に古本屋がある。戦前は果物屋であったが、戦後しばらくの間、果物屋に復活するまで古本屋に貸していた。五十五、六年は経つだろうか、その古本屋の店名は思い出せぬが、当時、市内にある数軒の古本屋の中で一番文学全集が揃っていた。

私は何度かそこを訪ね、新潮社から昭和二年に出た「世界文学全集」のセットがまだ売れずにあるかを確かめたものだ。それは私の貰う僅かな給料ではとても手が出せる値段ではなかった。

その日も、その古本屋へ寄った。しかし全集が売れたか売れてないかではなく、私はそこで一人の女性を待ち伏せしていたのであった。勤めて知り合った同僚の池田富美子という音楽の先生で、知り合ったといっても特別な話をしたわけではない。放課後音楽室で彼女が弾くショパンの「ノクターン」とかシューマンの「トロイメライ」を聴かせて貰っていた程度にすぎなかった。

黒いスーツを着け、髪はまっすぐにのびて長く、背の高い、校内を颯爽と歩いていた先生で、女生徒たちの憧れの的であった。当時新制中学校には独身の男性教師が多く、彼らは窃かに「池田富美子先生を守る会」というのを作っていた。抜駆けは許さない、彼女とつき合うなら正々堂々と皆の前で宣言してからにしようというのだろう。しかし私はそんなことは知らなかった。私は十九歳の旧制工業を出たばかりの、美術の先生が長期欠勤してその穴埋めに雇われた臨時教師で員数に入っていない。

古本屋に少しいて時間を見計って外へ出ると、函館放送局のある南部坂の中腹あたりから、まだ合唱の練習の熱気がさめない数人の男女のハーモニーが聴こえて来た。あの中に、池田富美子がいる筈だ。彼女は誰かに、今度放送合唱団に入ったから木曜日の夜は八時頃までそこで「流浪の民」とか教会音楽の「キリエ」とか練習している、と語っていた。それを小耳にはさんだ私は、一度彼女と外で会ってみたいと思い、私の愛読の小説レイモン・ラディゲの『肉体の悪魔』の少年を真似て、じつに大胆な偶然を装った逢引の行動に出たのであった。

しかし物語とは異なり現実の十九歳の少年にすぎない私は考えることはいっぱしの不良少年のように大胆でも、急におじけがつき、逃げ出すように古本屋を出て歩き出したのだが十字路の方向を間違えたことに気づかなかった。そして避けた筈の池田先生と鉢合わせになった。彼女は見知らぬ女性と一緒だった。私は金がたまると本を買い、背広を買う金がなく、詰襟の学生服だった。隣りの女は、弟さん？　と言ったらしい。「いいえ、同僚の美術の先生なの」と彼女がいうと、連れの女性は、じゃあと電停まで来ていた電車に乗るべく急ぎ足になった。私はなんともバツの悪い気持で俯いていると、先生、少し歩きませんと彼女は言った。私は先生と呼ばれることになれていなかった。

街燈もまだとぼしい仄暗い戦後間もなくの歩道を、私は初めて女と肩を並べて歩いた。一区間歩いて二人は電車に乗った。空いていた。揺れる車内で池田先生は、あなたが古本屋から慌てた様子で出て来るのを見たけれど、私と出会ったのは偶然ですかと言った。一度は偶然だというふうに頷いた私だが、このさい正直に話したほうがいいような気がして、不良少年のように待ち伏せしていたというと、彼女は声をたてて笑った。

「おかしいですか……」

「うれしいわ」

「腹が立たないんですか」

「どうして待ち伏せしてたの」

「学校以外のところで、誰にも知られずに会ってみたくなったんです」

「これでおしまい？　それともこれからも待ち伏せしますか」

頷くと、木曜日八時頃練習が終るから、古本屋にいて下さいという。こうして、週に一度二人はほんの数十分だが外で会うことになった。秘密が出来たので私は有頂天になっていた。

しかし間もなく大変な事になった。学校の誰かに二人が夜晩く、それも二人の住居から遠い場所で窃かに会っているところを目撃され、ご忠心にも彼女の義兄に告げられたのであった。義兄は同じ中学校の社会科の先生だった。その誰かは校長にも告げ口した。当時はまだ教師の恋愛に市民権はなく、先生同士が、それも夜晩く窃かに会うことは生徒に悪影響を及ぼすと言われていた。ましてや私のような臨時の教員においてはなおのことで、校長に呼ばれ、人の噂になるような行動は絶対に慎むようにと注意された。

勿論私は校長に向って人間はもともと自由で誰からも束縛されずに生きる権利があると反論も出来たが、池田富美子に禍が及ぶことが気になって、おとなしく聞いていた。

それに私には自分の将来について、祖母の言葉をずっと守って行こうという決意があった。しかしこの決意は素直に受けいれていたものではなかった。一皮むくと、そこには自分の肉体にたいする悔しさが隠されていた。リウマチを病んでいた祖母は縁側の籐椅子に坐り、膝に夏でも毛布を掛けた恰好で、お前は片足なんだから欲望は制限して生きなくてはならぬ、金儲けは勿論、結婚も出来ないと思ったほうがいいよと言った。この祖母の言葉のなかには、私にたいする戒めと同時に、そこには祖母にとって大事な私の父である息子への労りも込められていた。孫が女のことで悩む姿を息子に見せたくないという気持が祖母にあった。

私は祖母に言われるまでもなく、何の資格もない片足の自分に結婚は望めないと言いきかせていたから、池田先生と逢瀬をかさねていても一度も結婚ということを考えたことはなかった。

読んだ小説の話や、ルオーの絵の素晴らしさを話すことに、私はつきせぬ興味を持っており、彼女はそういう私の唯一の聞き手であった。彼女からは、「アヴェ・マリア」や「歌に生き、恋に生き」を聴かせて貰っていた。

しかしこうした喜びもあきらめねばならないと私は覚悟を決め、廊下ですれ違ったとき、苦慮していた彼女から、もう逢えないという言葉を聞くものとばかり思っていた。それが彼女はこういったのであった。今日木曜日でしょう、古本屋で待っていて。それだけ言うと楽譜をかかえたまま音楽室へ消えた。

その日の夜、私は自分の耳を疑った。いつも私の足を気遣って一区間しか歩かないのにその日は二区間も歩き、「私が結婚したいと言ったなら、あなたは承諾しますか」と言ったのであった。彼女はさらに、自分が今どんな状況にいるかを説明した。

うすうす私も彼女が校長から縁談を持ちかけられていたことは知っていた。いつまで経っても返事がないので校長は直接、意中の人でもいるのかと問うた。おります、と答えると当然誰だということになる。「木下先生です」校長は笑って、冗談だろう、彼は教員の資格もないし、臨時だからいつでも私は彼を解雇出来る、明日にもあいつはルンペンだ、それに彼は片足義足だよ、壊れ物だ、君ならもっと立派な男が選べる。

富美子は激怒した。肉体には欠陥があるけれど、心はとても美しい、私は彼の心と結婚するのです。ここにどれほどの独身の若い、それこそ資格のある優秀な先生がいるか存じませんが、知識、見識、文学や絵画の造詣にしても、あの人以上の先生は誰もおりません。木下先生の話は人を感動させます。

このときの富美子の校長への啖呵は後に語り草となった。校長もさぞかし日頃おとなしい富美子の剣幕に驚いたと思うが、私は彼女から結婚したいと言われてただただ面喰らっていた。私は、ずっと祖母の言葉を信じて守っていたのであった。お前は女を好きになってはいけない。とくに結婚なんて考えるな、ただ悩むだけだ、誰もお前と結婚する女はいませんからね。

祖母は間違ったのだろうか。死んでしまったから訊くわけにもいかない。市内の女性教員のうちでも才色兼備と言われ、しかも歌がうまく私より年上の二十二歳の女性が、私と結婚したいと言うのであった。しかし私は彼女の申し出を受け入れることは出来なかった。金もない。財産もない。これから何年か経っても一人の女を食べさせていく自信もなかった。戦争に負けて私も初めて普通の人間として扱われるようになったが、旧憲法下では天皇の軍人になれない肉体の欠損者は準人間としてしか認められず、中学校にも入学させてもらえなかった。資格の貰えない夜学の工業の選科生がせいぜいで、それもずっと後になってそういう障害者のための制度があることを知った。

富美子はすでにこのとき私の心を見抜いていた。

「私は自分の人生のすべてをあなたに賭けたの」

「ぼくの何に賭けたんです」

「あなたはシュトルムの『みづうみ』の話をしてくれた。ジッドの『窄き門』も、モーリヤックの『テレーズ』の話もなさった。そのときのあなたの熱っぽさは並々でなかった。あなたはこのまま埋もれるような人ではない」

こうまで女に言われて尻ごみは出来なかった。私は判ったと言ったが、私に何の能力があったろう。富美子は私の能力を認めて評価してくれたが、彼女が結婚に踏み切ったわけはこれだけではなかった。後年、大学生になった私の娘が富美子に、どうしてお母さんは義足で何の収入もないお父さんと結婚する気になったの？　と訊いたことがあった。そのとき富美子は、それはお父さんの言葉に、心が動かされたからなの、と言った。私の言葉で心が動かされたとすれば、殉教者サン・ドニの存在に自分を当てはめて、私が自分自身の存在の悲しみを言ったときのことだろう。サン・ドニは殉教者という言葉で自分を括られたくなかった。あくまでも固有名サン・ドニを重んじた。そのためにモンマルトルの丘で処刑されたあと、自分の首をしっかと右手に抱いて彼は故郷に歩いて帰った。私も障害者で一括されたくなかった。義足は外から来た私の個性だ。三度も中学校を受けて義足だということで落とされ、その悔しさがいつも心のどこかにあって、それをめんめんと富美子に喋ったことがある。「私はそのとき、この悲しい少年は救ってやらなければならないと思った。頭もよくて、文もうまくて、手から本をはなしたことがないの」この妻の話に娘は納得したようだった。そしてまたこのとき私も初めて妻の秘めていた心を知ったのであった。

話をもどすが父が校長に呼ばれ、あなたが陰で糸を引き、「うら若き乙女」を翻弄しているのではないかと言われた。日魯漁業という一流の会社に勤めていた父だが敗戦とともに失職し、金目の物を売って生活していて、住んでいる家とその土地しか残っていなかった。

そのような事情が判ると校長は方向を変えて来た。木下君は頭がいい、大学へ行かせることは出来ないのか。東京なら大学は多い。国立はまだ肉体の欠損者に寛大でないが、私立なら何とかなるだろう。父は、東京へ出す約束を校長ととりかわして来た。父も愚かでないから校長の言葉の裏に何があるか知っていた。若い二人の情熱に水を差すには距離を置くことだ。とくに女の方の情熱はさめるだろう、そうなれば一人の女を不幸にしないですむし、女の母親の嘆きも救われるだろう。父はそれが判った上で借金しても息子を東京に出そうと決心した。それこそ障害のある息子に何か資格をつけさせてやることにもなる。

今もつぶさに覚えているのは、連絡船の送迎デッキから、見送りに来た同僚にまじって凝っと私を見つめていたときの淋しそうな富美子の顔である。どうしてあんなに淋しそうな顔をしているのか。きのう喫茶店で私をはげましていたのに。出港を告げるドラが鳴ると彼女は隅へ行き、私に背を見せて嗚咽した。夏休みに入ると帰省するのだから別れている時間は僅か三ヵ月だ。そんなことくらいで嗚咽する女ではなかった。何かあるに違いない。四年間私を待つと言ったが、それは嘘だったのだろうか。

杉並区東田町のいとこの家へ下宿して間もなく、富美子から最初の手紙を貰った。送迎デッキで見せた彼女の淋しさや、嗚咽の意味が判った。手紙には、私は大変な間違いをしたのではないかと克明に書いてあった。長い時間立っていたり長い距離が歩けないあなたが東京へ行くことに賛成したが、それはあなたに苦行を強いることになり、怪我や病気にならないかとじつはずっと気にしており、その不安が、あなたを連絡船の甲板に見たとき一気に噴き出し、急に悲しくなり、後悔さえしているというのであった。たしかに東京は私にとって苦行を強いる場所だった。下宿先から阿佐ヶ谷駅までの距離は歩くのも大変だった。私にとって初めて歩く長い距離でもあった。国電は混んで身動きもできない。階段の登り降りも人におくれ、いつもホームに入った電車に間に合ったことはない。しかし何より裏切られた思いは、最初の一年間は駅からバスの通っている国学院の本校ではなく、急ごしらえの校舎の高校生と同じ分校に通わねばならず、電車を降りてえんえんと整備されていない道を歩かねばならないことであった。校舎も大学とは呼べない安っぽさだ。苦労して分校に着くと、私がたのしみにしていた政治経済や哲学の講義は度々休講でがっかりした。

富美子が手紙で書いてよこした通り、苦労は多かったが、馴れると階段の上り下りも要領を得たり、駅から分校までの近道をみつけることも出来た。心配いらないと返事を出すと、帰省して来るあなたの最初の顔を見るのがとても楽しみと書いてよこした。

国学院分校に一年通って私は文部省図書館職員養成所に学校をかえた。卒業が一年短くなった。家の財政を見たら私立の大学に四年通うのはむりだった。養成所はすべて無料で、司書の免許を取ったら二人は東京に住む約束をした。

私の卒業に合わせて、富美子は上京し、都内の中学校に勤められる資格試験に合格して一時函館へ帰った。あとは私の就職だけである。私は物事をかんたんに考えていた。司書の資格さえあれば、片足義足でも、新聞社や出版社の資料室や図書室になら勤められると思っていた。当時は司書は引っぱりだこであった。しかし校長の推薦を貰いながら私は障害者ということで採用してもらえなかった。その頃下宿していた鎌倉から徒歩で五、六分のところの鎌倉図書館を最後の砦にしていた。そこから不採用という通知が来たとき、肉体の欠損者ということで中学校に進学出来なかった絶望を思い出し、死ぬしかないと思った。いまさら函館に帰れない。帰りたくもなかった。国学院にいたとき私が主宰で作った同人誌「なるしす」も評判になり、文芸雑誌の編集者とも知り合い、文学の先輩や友人も出来ていた。それらを捨てて函館へ行って何をするのか。

鎌倉図書館も不採用だったと電報で富美子にいうと、分厚い手紙が来た。ともかく一度函館へ帰って来て下さい。後のことはそのとき考えましょう。私のあなたへの気持はどんなことがあっても変りません。彼女は、カッとなると何をしでかすか判らない私の向うみずな気性を知っていた。連絡船に乗ったとき、このまま津軽海峡に飛び込む方法もあると思った。それをしなかったというか、出来なかったのは、もう一度懐から出して読んだ彼女の手紙の最後の一行のせいであった。

「惚れた女は男と一緒に死ぬことしか考えません。あなたがただ存在しているだけで、私は幸せで、生きる力が湧いて来るのです」

四〇六号室

膀胱にガンらしい影が二個あると、妻は教え子の医者に言われ、紹介状を貰ってさらなる精密検査のためにT病院へ入院した。その数ヵ月前に私は、前立腺ガンの数値がにわかに高くなって三度目の排尿困難になり、妻と別な病院の泌尿器科に入院していた。夫婦揃って同じ泌尿器を病むなんてとても恥ずかしいと妻は友人に洩らしていた。

検査の結果妻は、早く手術した方がいいと言われ、私は妻の希望もあって五年通っていた病院から妻のT病院に移ることにした。しかも妻の主治医は粋なはからいをしてくれて、私と妻は同室に一緒に入院できるようになった。これで妻は、片足で前立腺を病んでいる夫を自分のそばに見ることができて安心したようだった。

札幌から駆けつけた娘は、お母さんよかったね、お父さんと一緒で。いつもお父さんのことばかり気にかけて、ゆっくり出来なかったものね。そのあとで妻の手を握って娘が、手術にはがんばるしかないよ、と言うと、えり子（娘の名）も順一さんもいるから大丈夫と妻は言った。

娘は五日いて札幌へ帰った。娘には高校生と中学生の息子がおり、術後少し元気になると、もう私は大丈夫、孫たちのところへ早く帰りなさいと、頑固に妻は言った。しかし娘が帰っていなくなると、順一さん、淋しい。えり子がいないのが、こんな淋しいなんて初めてよとも言った。さらに続けて、小学校・中学校・高校と、入学式も卒業式も、私の学校とぶつかり、一度も行ってあげたことはなかったけど、あたりや後ろを振り返って、母の姿を探したかもしれなかったわね。入学、卒業式は、私はピアノを弾かねばならなかったから代りの先生はいなかった……と当時を思い出していた。

私も主治医に妻の病気について訊いたが、大学が福祉科だった娘は医者や看護婦の友人も多く、てきぱきしていて、質問の仕方からして私と違っていた。私は前立腺ガンでそのマーカー数値が限界をはるかに越えた一八〇以上で、しかも脊髄にガンは転移し、モルヒネ系の薬を一日八〇ミリも飲んで痛みを止めていた。妻は自分より、夫の方が先に逝くのではないかと思っていた。しかし結果はまったく逆だった。初めのうちは早くガンを取りのぞけば大事にいたらぬと言われ、妻もそれを信じていたが、大学病院からの検査結果が入ると主治医は、妻の膀胱ガンは一分一秒の猶予もできない、未分化らしくこんな進行の早いガンは珍しく余り経験がないといった。要するに時間単位のガンだというのだった。

手術の方法も大幅に変った。妻は一見六十代にしか見えないが、七十代半ばを越えており、体力から考えて膀胱の剔出は大量の出血をみるからということで残した。それでも手術に四、五時間は要した。

開腹してびっくりしたのは大腸である。癒着し、腸で尿路は作れず人工肛門をつけた。妻は若いときから健康で急性膵臓炎をわずらっただけだった。病気らしい病気をしたことがなかった妻が、晩年膀胱ガンに罹り、麻酔がまだ醒めないまま手術室から帰って来た。

妻は術後寝たきりでガンと闘い、人生のもろもろの謎や、生と死の関係を見つめ、自己とは他者との関係で生きていることも知り、片足義足の夫はなんとしても自分の手で葬ってからでなければとても死ねないと葛藤しながら、命が奪われることとの悔しさを一雫の涙に秘めて死んでいった。

さぞかし悔しかったろうと私もしみじみ思うのだが、しかし術後一、二ヵ月は顔色はよく、ガンとの共生もこれなら可能で、車椅子の厄介になりながら夫婦ともどもしばし生きていけると、私も妻も信じていたのだった。

妻はよく私に、残るのも残されるのもいやだから出来たら一緒に死ねたら、これほど幸せなことはないわねと言っていた。夫婦揃って治療しているのだから、そういう思いはいっそう募っていたのだろう。他日、それは妻を喪ってからだが、私の好きな作曲家と作詞家の、子供のない夫妻が、死ぬときは一緒ねと誓い合っているという話を聴いて感動し、やがて先へいって、私はそういう小説を書くことになるとは思わなかった。

眠るときも、目覚めたあとも、間近に顔を合わせているから、娘のことや孫のことや私たちの若いときの思い出が、朝食のあとになると出たものだ。

妻の口ぶりから今度娘がいつ訪ねてくるか知りたいということが判ると、私は車椅子で移動が出来るから、そしらぬふりをして電話をかけ、なるべく早く訪ねてくるよう娘に話した。娘は予定表を見て、早く私も会いたいから都合つけるといった。

二人の思い出話は最初の出会いから始まった。私がいくら臨時の教員とはいえ一学年に所属していたから、一学年全員二十人の先生たちが歓迎会を開いてくれ、勿論、私は詰襟の学生服すがたで出席した。

昭和二十二、三年はビールなぞという贅沢なものはなく、すべて今でいう最低の、二級くらいの日本酒だった。私は下戸で一滴も飲めなかった。それで罰というわけか歌を歌って貰おうといいだした先生がいた。拍手されてことわりきれず、シューベルトの「セレナーデ」をドイツ語で歌った。私のもっとも好きな歌曲だった。最初は三浦環のレコードで覚え、そのあとはドイツ語の歌手を聴いていた。ライゼフレーヘン、マイネリーデル……と歌い終っても、拍手はなく、しらじらしい雰囲気になった。皆、キザな少年だと思ったに違いない。しかし次の日一人だけ、それが池田富美子という音楽の先生だが、アカペラでシューベルトはむずかしいけれど音は二つはずしただけで、でも声も間の取り方もうまかったわ、と言ってくれた。

病室でベッドを並べながら、もう五十数年もむかしのことを妻は正確に記憶していて、あのときのあなたの「セレナーデ」に惚れたのかもしれない。それがあなたとつき合うきっ掛けになったかもわからないわ、と笑ったのである。私の記憶は、池田先生も歌わないかといわれて、私のあとで歌ったのが「宵待草」であった。ソプラノで流麗な歌いかたであった。彼女には皆、とくに若い男の先生たちが拍手した。本格的にこの先生は声楽をやったら、私の知っている三浦環以上になれると学生服の私は思ったものだった。

「忘れていた。私が歌ったのはゲーテのミニョンの『君よ知るや南の国』じゃなく、『宵待草』だったのね」と富美子はその頃を懐かしく偲んだ。

廊下に回診を告げるアナウンスが流れ、いつものように、家族や見舞客は病室を出るようにとつづく。主治医と若い男の医師と女性医師の三人の他に婦長と看護婦が入って来る。痛み止めを飲んでいる私は、痛みの程度について訊かれた。薬が切れると痛いというと、顔色はまだ気になる、というやりとりで私は終った。そのあと妻のところでは、治療も長いが、問答に大変な混乱が生じた。

医師のなかには、高齢者だから核心にふれない言葉でやりすごせると思っている者もいた。ああ顔色がいいとか、元気そうだとか、その程度で切り抜けられると思っていた。しかし妻は三十五年も教師をし、七十代半ばを越えても思考能力は落ちていないから、ガンに冒されている膀胱の剔出が出来ないのはどうしてか納得のいく説明を求めた。これは妻の不安から訴えた言葉なのに、若い医者がまことに不用意な発言をした。いわば主治医が私だけに正直に言い、最善を尽くすといっていたことを、ポロッと口にしたのである。妻は驚いて、「私、死ぬんですか、人間はいずれ死ぬけど、まだ死ぬわけにはいきません。見舞いに来た人たちにも礼も何も言ってない」すると若い医者は、何も今すぐとは言ってません、（これは医者が言う言葉だろうか）できるだけのことをしていますよと、患者の心の逆撫でしか言えない。病人の神経過敏な心の判らない医者では困る。知識偏重の現代の医学教育の弊害、さらに医療体制の統一のなさまでさらけ出した恰好になった。

あとは彼が何を言っても、妻は涙を浮かべかたくなに口をつぐんだ。主治医は助け船を出すように、ガンを一個所に集めたから、放射線治療をします。ただし当院には放射線科がないのでＫ病院に転院して貰いますといった。事実まだ傷口がふさがらないうちに妻は転院した。しかし今度そこには泌尿器科がなく、そこでの治療は困難をきわめ、妻は私に不快と痛さを訴えた。

妻の死後、娘は私に、お母さんは年金があるんだから個人病院の一人部屋でゆっくり病気の体をすごさせたかった。函館にはホスピスに近いそういう個人病院がないので札幌へ連れて行きたかったが、お母さんはお父さんのことが心配で離れられない人だったわ、と悔しそうに言った。

放射線は二十六回かけた。放射線科の三名の医師も二名の技師も大変良い人で助かった。妻は二十六回最後まで放射線をかけることが出来たが、食欲が減退し、殆ど点滴で栄養を摂った。そのため傷口の治りがおそかったようだ。

K病院は他の病院と違って看護婦の人数はぎりぎりで余裕がなく、サービスは低下している面があった。しかしもっと根本的なことを言うなら公務員という意識が強いから、中には権利を優先する看護婦もおり、私たちが思っている奉仕の精神と責任を取る能力というものは殆ど感じられなかった。折角出来た戦後教育の個性、個人主義がうまく育たなかった大きな原因が、私は組合員を教育しなかった日本の組合幹部の責任と思っている。組合幹部とつきあいもあったが、彼らが本を読んでいなかったことに驚いたものだった。その結果、個人と組織の大事なこと、難しいことが判らなかったのではないか。

妻は最初個室にいたが四、五日で四人部屋に移された。同室の患者が同じ病なら妻もあれほど神経をすりへらさずにすんだろう。何しろ人工肛門なので、病室に臭いが立ちそれで彼女は苦にしカーテンを閉めっぱなしだった。人工肛門の便を取らず、人工肛門も見ずにベッドにはりつけになったまま一ヵ月近く、ただ天井を眺めて時をすごし、娘が訪ねていくと、あの気丈な妻が、情けないと声を立てて泣いたというのである。もう一つここで驚いたのは放射線科の医師にたいする看護婦の尊敬の欠如である。

私も妻に遅れて転院し、骨の転移したところに十六回放射線をかけた。私の病室は六人も入れられた部屋だが車椅子の移動に難儀した。ここもそれぞれ病名の異なる雑居部屋で、そんなことから隣りの患者と喧嘩になり、そこへやって来た主任看護婦は患者に罵倒された私を擁護してくれたのだろうが、そのいつも問題を起こす患者に、出て貰うとかいった。その言葉は私の心までちぢこませた。看護というサービスがもっとも大事なものなのに、権力意識が先に出た。かつての国鉄職員とか、今まだ一部の国家公務員とか地方公務員に見られる態度で、温か味をまったく忘れているようだった。社会のしくみはやさしさという愛がなければうまく成立たない。

私が放射線をかけたあと、妻の病室を訪ねると、車椅子はみんなに迷惑がかかるから余り来ないで欲しいと妻は言った。病室がせまいから車椅子が自由に移動できない、自由に通れるように設計されていない。それは病院が古いからで、多少の迷惑はそれぞれ負うべきだと思っている私は、妻が何といおうが、ベッドにはりつけになって天井ばかり見ている妻にスケッチした樹を見せるなどなぐさめに行った。

そんな私を、うるさいとか邪魔だと思った看護婦もいたようだが、もし、直接私に文句でも言ったらそのときにこそ、それぞれ病の異なる患者が、いかに互いが互いを気遣って苦労しているか言ってやろうと思っていた。まったく日本の医療行政は零である。

勿論、とても親切な看護婦も何人もいたのだが。

妻の微笑みが復活したのは、放射線が終って、再び私と一緒にT病院の四〇六号室にもどったときだった。そこでは人工肛門の臭いを気にすることはなかった。袋に便がたまると看護婦が優しく丁寧に取りのぞいてくれた。すると妻が窃かに会いたいと思っていた梅干のような天使の微笑みが浮きたち、順一さん見て、可愛いでしょうと言った。

人工肛門を心おきなくゆっくり眺めて微笑んでいる妻の顔の方が、私には切なく可愛く見えた。

こうしてまた二人の同じ病室での生活が始まると会話は三十代、四十代頃の思い出話になった。

妻の専門は音楽と書道であった。書道は札幌の女子師範、今の札幌教育大の前身にいたときから認められて学年で最高点をとっていたとよく自慢していた。私の著書の題字はすべて妻のものだった。

音楽と書を教えていたが、子供が減って学級数の少ない学校に移ったとき、国語の免許もあるのでこれからは国語の時間も持って貰うといわれ、二クラスの国語を担当することになった。私は、力をかして下さいと頼まれた。これで私も初めて妻に役立つことができると思って勿論二つ返事で、これから一緒に共通の文学書が読めるねと、弾んだ気持になったのであった。

『少年の日の思い出』

「書道も音楽も教えることは嫌ではなかった。それなりに極めれば奥が深く楽しい世界だった。しかし国語を教えるようになって、ひとつの文学作品を生徒と共に読み、そこに展開されている世界について話し合って初めて私は鳥肌が立つような感動を覚えた」と、ある日、富美子は子供のように目を輝かせて言ったことがあった。

これこそ彼女が教科書に載っていたヘルマン・ヘッセの小品『少年の日の思い出』を生徒に教えたときの、まるで予期しなかった興奮と感動であったようである。

小説は、良いものを読むと人に話したくなる。バルザックの『ゴリオ爺さん』を読んだとき、私は一晩中眠れなかった。あの北欧の大文豪ストリンドベルクでさえ一週間も酔いしれていたというから、私がバルザックに魅了されてもなんのふしぎもなく、次の日学校へ行くと、誰彼なく摑まえては、二人の娘の出世のために全財産を使い果たしたゴリオ爺さんの話をした。父親であるゴリオ爺さんに金がなくなると娘たちは冷たくなって、かえりみない。埋葬に立ち会ったのは、田舎から出て来た青年実業家のラスティニヤックと下男のクリストフだ。ラスティニヤックは青春の涙を流してゴリオ爺さんに別れを告げる。その後で、義憤にかられたラスティニヤックは、丘の上からパリを一望する。

ヘッセの『少年の日の思い出』は小品だが、文章が素晴らしく、感動させるものは十分に持っていた。私は何度も繰返し読んでいる妻を見て、彼女もようやく文学の判る女になったと思った。

手許にその教科書はないが、当時の妻の覚え書きや日記があるので、それを手がかりに記憶もまじえて辿って書いているが、この小品は大人になったヘッセ本人の回想と見ていいだろう。ちょっとした出来心から友人の標本の中の蛾を盗んだ少年は、後悔して返したけれど蛾は壊れていた。

この蛾は珍しい貴重なもので、「クジャクヤママユ」というらしい。(もう一つ『クジャクヤママユ』という似た小品をヘッセは書いているが、いまははぶくことにする。）持ち主はエーミールという少年で、主人公は、知らんぷりして返したものの、盗んだことが悔まれて告白し、そのとき大事な蛾の前肢を壊したことも告げた。それにたいしてエーミールは怒りも見せず、ただ軽蔑のまなざしで、終始、冷ややかな嫌味で応じるばかりである。これが主人公にはたまらない苦痛であった。事実を言い、詫びているのだから、怒鳴られたり殴られたりされた方がどれだけすっきりしたか判らない。しかしエーミールは、謝罪しても許さず、気持まで凍らせるような冷たい目で見るだけである。

そのうち少年は自分の本当の悲しみを自覚する。盗みという行為の結果が、じつに見事な蛾を、もうどんな技術をもってしても修復不可能なものにしたことだった。自分がこわした珍しい蛾を見ていることがどんなに辛いか。ふたたび蛾をもと通りにできるなら、彼は自分のすべての持物でも、どんな楽しみでもよろこんで投げ出したであろう。

悲しみを自覚した少年の心の動きの表現が感動的で、妻は何度も私に読んで聴かせた。当然、生徒にも、少年のどうしようもない悲しみがくっきりと出ているこの場面を繰返し読んでやったに違いあるまい。

妻は私の書棚から、ヘッセの『ペーター・カーメンツィント』と『デミアン』の二冊を持って来て、どっちを先に読んだらいいかと言った。『少年の日の思い出』に刺戟され、もっと長いヘッセの小説が読みたくなったようだった。『ペーター・カーメンツィント』は私の十代のときの愛読の書で、魂の孤独が一時ヘッセを読むことで救われていた。妻は『ペーター・カーメンツィント』を二週間くらいかけて丹念に読むと、あなたが日頃、小説を読まない人間は駄目だ、とくにヨーロッパの小説を読んだことのない人間は信用おけないとよく言ってたけど、その意味が判ったわと言った。

妻が国語を持つようになってから、私と妻の間の、こと文学に関しての関係は親密になった。妻は、日本の物にせよヨーロッパの物にせよ、生徒に教えることが楽しいが、しかしその一方でどんなにむずかしいか、苦労も多いかも知ったと言った。それは関連したものを読むだけでなく、自分もそれらの作品を好きにならなければならないと思うようになったからである。

妻は教師だから教える立場にいると思っていたが、国語を持ってからは、たんに教えるだけでいいのかという疑問を持った。教育はたしかに教える学ぶが基本であるが、そこを越えたものを妻は文学作品に感じていた。もともと私は教える学ぶを否定している。私はウィトゲンシュタインの立場で、教師に売る知恵があるかどうかが大事で、それを買うか買わないかはじつは生徒の主体性にかかっているのである。したがって教育については魅力的な教師以外何の役にも立たないというのが私の考えなのである。それを妻に話すと、彼女も大きく頷き、家へ帰ってから勉強する時間がふえ、あなたにお茶を淹れたり何か美味しいものを作ったり出来なくてごめんねとも言った。

今のようにワープロもパソコンもテープもない時代で、夕食を終えると妻はガリ版を使い、原紙を鉄筆でせっせと切って、翌日生徒にくばる資料作りをしていた。そんな姿を見ていると娘が二つか三つの頃の、二間しかない間借りの貧乏暮しが思い出された。妻はお話をしたり童謡を歌って娘を寝かせて自由になると折りたたみの机を出してその上にガリ版を置き原紙を切り始めた。そのときは書と音楽の教師であったから、譜面であったり、音楽史のプリントであったりした。

とくに富美子が愛していた作曲家はグリークだった。『少年の日の思い出』の以前に彼女の心を激しく把えていたのはグリークの傑作とも言われている「ペールギュント組曲」

で、私は富美子を通じて、この組曲が、私の好きな劇作家、『人形の家』を書いたイプセンがノルウェーの民話から伝説的人物を題材とした詩劇であることを知ったのである。あら筋を夜晩くまでせっせと原紙を切っていた妻が、それから十年後の、『少年の日の思い出』に関連した資料作りをしていた姿とかさなっていたのであった。

富美子の死後、過去がじつに鮮やかに思い出され、迫って来るが、なかでも、この『少年の日の思い出』と「ペールギュント」が思い出の回数がもっとも多い。とくに私の心の中で鳴りひびいているのは、富美子の解説でいっそう好きになった「ペールギュント」の中の「ソルヴェイグの唄」である。放浪に出たほらふきの恋人を待っている唄で彼女も歌って聴かせてくれた。「冬も春も、次の夏も過ぎ、また一年が流れ去るが、生きてこの世にあらば必ずあなたは戻ってくる。わたしはそれを信じて待っていよう、あなたと約束したとおりに」

唄がとくに忘れられないものになっているのは、この唄の内容ばかりではなく、ガリ版で夜晩くまで原紙を切っていた翌日の出来事によるのである。寒い日曜日だった。火の気のないむかしの小さな台所で妻は朝食の仕度をしていた。目覚めると、妻と一緒に寝ていた娘の姿はなく、ストーヴで暖を取っている茶の間にいったらしかった。妻はいつ私が起きて来てもいいように、義足をそのストーヴの傍へ持っていき、切断した右ももを義足の空洞に入れても冷たくないようにあたためていた。

寝間着のまま茶の間へいった私は、異様な光景に出遭った。三歳の娘が、私の義足を撫でて嗚咽していたのである。妻がちょうど台所から上って来た。娘は妻に取りすがって泣き出した。不意をくらってびっくりした妻は、あなた、叱ったの？　と言った。いや、起きてみたら義足を撫でてすすり泣いていた、と私は言った。

妻は娘の頭を撫でながら、お父さんが義足だということが判ったのね。すると娘はあごをしゃくりあげてますます激しく泣いた。

一緒に暮していても何もかも判るというものではなかった。これまでにも娘は義足は見ていたし、父が片方しか足がないことも知っていた筈だが、稚いだけに自分や母とまったく違う父をありありとそこに想像して心を痛めるまでにはなっておらず、このときはじめて父の全貌を知ったのであった。

「おとうさんがかわいそうなのね」

「かあいそう」と娘はしゃくりあげながら頷いた。

「もう、泣かなくてもいいのよ。お父さんをお母さんとえり子の二人でまもってあげましょうね」

ようやく娘は泣きやんで、頷いた。

妻の死後、淋しくなると、すでに二人の男の子の親になっている娘に電話を掛ける。娘の声を聞くだけで、淋しさがうすれる。ふしぎなものだと思った。初めて私の義足に気づいて泣いた話を娘に言うと、覚えていないと言った。お父さんの義足を撫でて悲しい気持になったことがあるけど、それがお父さんが話すその日かどうか判らないということだった。

よく覚えているのは、お母さんが、「ソルヴェイグの唄」を口ずさんでいたことや歌って聴かせてくれたときで、その頃は中学生になっていたと娘は言った。

娘と電話で話しているうちに、忘れていたことが思い出された。妻は、うれしいときは何もいらないけど淋しいとか悲しいときは何か贅沢したいね、が口ぐせだった。父の全貌を知って娘が激しく泣いた日の夜、富美子はまだ給料日に一週間もあるのに私の好きなすきやきにした。肉もたまごも高かったときで、すきやきは三日分の食費に当たっていた。

妻は最高のしもふりを買って来ていた。食事のあと娘を寝かせてから、神妙な面持で、あなたに相談したいことがあると妻は言った。

「心配ごと？」

「家を買おうかと思って……」

「家って住む家だろう。お金はどうするの」

「学校から借りる。銀行からも」

私が育ち、ついこの間まで住んでいた家は父が担保にして事業したため遠からず人手に渡ることになっていた。私の父も母も子供の頃は二人とも裕福な家に育った。そのために苦労というものを知らなかった。それ故に敗戦の混乱期どう生きたらよいかという知識も知恵も働かなかった。売食いし、結局最後に残った百坪の土地と四十坪の家も人手に渡ることになり、遠からず二人はどこかに家を借りるしかなかった。毎日娘を預かってもらうため、近いところに私たちは間借りしていた。富美子が娘を預けに行き、私がころ合いを見計って連れて帰るという往来は、富美子も私もえり子も大変だから、中古の家なら格安で買えると思うし、あとはお金をためて徐々に手直しすればいいというのが彼女の考えだった。

「間取りさえあれば、あなたのご両親も呼べるし、えり子のめんどうはおばあちゃんに見てもらい、あなたも自由に出掛けたり、小説も書けるでしょう」

私たちの間でこんなふうに話は決まったが、家を買うまでにさらに二年かかった。また、私はタウン誌を出そうと思い、それに賭けていたところもあったが、協力者が出て実現するまで四年かかった。

家が手に入り、私の両親も含めて五人で暮すようになると、富美子は、娘の面倒や食事の仕度をすべて私の母にまかせて、教育に専念した。前にも触れたが、女学生のとき、担任に呼ばれあなたは教師としてとても相応しいものをたくさん持っているから教師になりなさいと言われ、その担任は富美子の母をも説得して彼女は札幌の女子師範へ行くことになった。富美子はその担任だった先生の見透し以上に、三十五年間徹底して教師としてすごした。

勿論、教育の問題では私とさんざんぶつかって喧嘩もした。その喧嘩も言い合いも他人が聞いたらびっくりするような激しいものだった。しかし富美子が国語を持つようになってからは私とぶつかり合うだけでなく、互いに一致するところも多くなっていた。

小説を読まない教師はだめという私の考えは一貫して変らない。それは苦悩している小説家の深夜の部屋と、これまた考えあぐんでいる未知の読者の深夜の部屋とは、ふしぎなことにある予言的な相性で結びつく唯一の目に見えない往来の道をもっているからである。教師だけではない、科学者であろうが、政治家であろうが、医者であろうが、組合の幹部であろうが、革命家であろうが、小説を読まない人間は信用おけない。小説を読まないそういう人間の意見は独断的で専制的で危険だというのが私の考えなのである。

名もない個人の生きざまを描いた小説の誕生は新しい。十九世紀になってからだ。それ以前は人間には個がなかった。人間は家や国家や王に奉仕する存在だった。そのための物語や叙事詩はあったが、英雄伝説を生んでも、一人一人の人間は数としてしか扱われなかった。小説世界が人間に教えたものは、お前は誰の支配も受けないということだ。人間の概念を全部壊してくれるのもまた小説だ。小説とはなぜ自分はここに居るか、何のために生まれ、生きるのか、そういった素裸の自己発見が小説なのだ。小説を読むということ、小説を書くということはそういうことなのである。小説はたんなる才能や芸の問題ではなく、生き方にかかわっているのである。

たまたま私と富美子が同室に入院し、治療を受けていたとき、ブッシュ大統領は国連や他の主要な国の反対を押し切って、イラクに先制攻撃をかけた。テレビをつけると、イラクの女・子供の死や負傷者の数が日ましにふえていくニュースが流れていた。私も富美子もブッシュにたいしては殆ど嫌悪を抱いていた。また、いち早くブッシュを支持した小泉首相の政治家としての器量も疑っていた。

富美子は、あなたは憲法第九条は死守すると言ったけど、国家間の紛争の解決に武力を使わないというのは、女・子供を犠牲にしないということでしょう。ブッシュ大統領にヘッセの『デミアン』を送ってやりたいわ。

憲法第九条は、国家権力の歯止めなんだよ。ブッシュは『デミアン』を読んでも理解出来ないよ。第九条は理想でもなんでもない。永いこと人類が時間をかけてようやく辿り着いた、殺し合わず生きるための指針だ。ぼくはその第九条と小説空間とをかさねて考えている。小説というのは、本当の自分とは誰かをみつける空間だ。憲法第九条は、究極の平和の発見だ。この二つの空間は互いに支え合っている。

このとき富美子は唐突にこう言ったのであった。「私には二つの幸福がある。一つはあなたと結婚できたこと。あなたはただ存在しているだけで、私は多くの勇気を貰ったの。もう一つは、三人で間借りしていた貧乏暮し。あのとき娘のえり子が、父親のあなたには片足しかなく義足であることを知って泣いたでしょう。あのときの光景がこの頃まざまざと浮かび、この二つを原点に、私はもう一度生きようと思ってるの。この二つは私のすべてを支えている、ガンなんかには決して負けない！『ソルヴェイグの唄』ではないけれど、生きてこの世にあらば、まだしたいことが出来るもの……」

身体障害者手帳

朝雑用が多く、これでは富美子との約束の時間までに病室に入れない、買物を控えようかと考えた。しかし、ゆうべから決めていたことを反故にしたくなかった。少しくらい遅れてもかまわないと、デパートの地下へ行った。娘に教えられたように食品売場で量り売りしている新鮮な野菜サラダを最初に求め、次に老舗が出店している鮨店でウニとエビのにぎりと太巻を買った。

たかだか二種類の買物でしかないのに、脇の下から支える歩き易い片方だけの便利なフランス製の杖をついているとはいえ、支払いや、包んでくれた買物袋を受け取るだけで、もう私はかなり汗をかき、消耗した。デパートを出ると目の前は市電の停留所で病院までは一区間だったが、荷物を持った乗り降りを考えるだけで疲れてしまい車を拾った。

近くてすいませんと運転手に詫びて、病院の玄関のドアを開け、エレヴェーターの方向へ急ぐと、途中で四階の婦長に会った。

「奥さん、お待ちかねよ」

彼女の一言が妻は遅いと怒っているのではないかと私に思わせた。普段、義足のあなたに世話をかけるのが心苦しいとか、何にもしなくてもいいとか、時間もいちいち気にしないでとか言ったりしているが、やはり妻はそう言いながらベッドにいて片足義足の私を何よりも頼りにしていた。

病室に入るなり、ごめんね遅くなって、と言うと妻はないこと機嫌のいい表情で、私もあなたと同じになったわ、とえび茶色の手帳を差し出した。婦長が言った〝お待ちかね〟とはこのことだったのだ。

表面に「身体障害者手帳」と金文字で書いてある薄い手帳だった。それは大きさも中身も昭和三十二年五月九日、私が交付されたものと同じであった。違いは、私のは厚紙の表紙なのに、平成十五年四月三十日交付の妻の手帳はビニールの表紙で手に柔らかかった。

私のは交付されてすでに四十六年経つから割印を押されている顔写真は細面のかなり痩せている二十八歳のときのものである。まなざしに私の面影が残っているので七十四歳の今も通用している。障害名が左の頁にあり、等級は三級、第二種。

妻のは割印の押した顔写真は何かの会合のときに撮った現在の顔写真である。障害名は、私の場合は「大腿上三分一切断」とあるが、妻のは「疾病により家庭内で日常生活が著しく制限される直腸及び膀胱障害」となっており、等級は三級、第一種である。

まるで妻はその手帳をいとおしいものでも撫でるようにして私に渡したが、午前中速達で手許に届いた手帳に、妻はかけ値なしに喜んでいるのであった。

「歳を取ってしまってからだけど、これで私もあなたと同じ三級の障害者になって、うれしいわ。夫婦一体という言葉があるでしょう。今ようやく私たちは一体になったのよ」

負け惜しみでもなんでもなかった。妻は心から私と同じに障害者手帳を持ったことに、自分なりの喜びを表現しているのであった。

私がデパート地下の食品売場で、新鮮な野菜サラダとにぎりと太巻を買って来て遅れたというと妻は、昼食に一緒に食べましょう、あなたの障害者手帳持っていたら見せてと言った。背広の内ポケットから出した手帳を手渡すと、自分の手帳と念入りに見比べている。食べ物の他に私は、妻に飲ませようと思って窃かに小さな缶ビールを買って来ていた。病室が暑いので生ぬるくならないように、そして妻に気づかれないように、備え付けの小さな冷蔵庫に入れた。

私と妻とでは障害者手帳を受け取ったときの気持にかなりの違いがあった。昭和三十二年交付だからすでに私は妻と結婚していた。当然妻に手帳を見せた。この手帳があることで夫婦揃って日本国有鉄道旅客運賃が減額されることが判ると、妻は、「ようやく日本も障害者に手厚い保護が始まったのね」と言った。

しかし私はこの手帳を受け取ったとき、誰にも告げなかったが、一人心の中で激怒していた。私は片足義足の自分を障害者という言葉で括られたくなかった。私は、片足のない人間だ。義足の男だ。私は障害者ではない。

いずれ行って見ようと思っていたのに遂に妻も死んで永遠に行く機会を失ったが、私はノートルダム寺院へ行って確かめたいものがあった。それは寺院の左側の入口頭上にあるという、自分の首をかかえたサン・ドニの立像が見たいのだ。若い頃、妻と出遭ったとき、私はサン・ドニの話をしたことがあった。そのときのことを思い出した。

彼は捕われて首を切られた。しかし殉教者として片付けられるだけでは心よしとせず、切られた首をしかとかかえ、のろのろと歩いて自分の故郷に戻った。こういう殉教者は他に一人もいなかった。彼は殉教者のアウトサイダーだった。だからノートルダム寺院に立像としてあるのだ。彼は何よりサン・ドニであり続けたいのだ。それには首がいる。このサン・ドニの話を妻にしたときの、じつに感動した顔まで思い出されてもいたのだった。

私も同じだ。片足であることが私の個性なのだから、木下順一という固有名が私には大事なのだ。私を障害者と括れば、これからずっと国家も世間も社会も私をたんなる障害のある者としてしか扱わず、私の個性、存在は無視される。それが許せないのである。

無視されればどうなるか。人間としての誇りが奪われ、哀れで可哀相な存在者となり、普通の人間のように就職が出来ない。どこへ行っても臨時か手伝いである。それが昭和三十二年交付の手帳による結果なのだ。妻は、ようやく障害者にも手厚い保護といったが、それが必要な人かそうでないかの区別は、えび茶色のその手帳では判らないのである。

しかし妻がその朝受け取ったという「身体障害者手帳」は当時の私とまったく異なるも

のを妻に与えた。結婚して以来、妻は、つねに私と共に生きたいという思いの強い女であった。たとえばセエターはペアルックを好む。同じ物を身につけて、それが似合うと相好を崩した。

私の障害者手帳と、自分の障害者手帳とをくらべて、どこも違わない、同じものねと言ったあとで、これから障害者としてあなたと力を合わせて生きていける、あなたが感じてきた苦しみや悲しさを私も同じに感じられる。そう思うと、人工肛門も膀胱にくだを通して排尿することも、何も淋しくない、苦労でもない、あなたの七歳のときからの義足による精神的負担や肉体的苦痛とくらべると、ずっと恵まれている。何より、こうしてあなたと同じ障害者手帳を持って生きることに、何だか、初めて、ふしぎな喜びを感じているの。ただ一つ、以前のようにあなたのお世話が出来ないのが心残りだけど……。これが妻の真意で、私を激怒させたえび茶色の手帳は、妻にはこれから同じ運命をになう待ちに待ったもう一つの夫婦の絆となって受け入れられたのであった。

看護婦がお茶をかえに来た。別の看護婦が食後の薬をベッドのわきのテーブルに置いていった。まもなく昼食の配膳が始まった。

「何かあなたの食べられるものある」と妻は卓に置いていった昼食を覗いて私に言った。

だいこんの煮たのはうまそうだよ、と言うと妻はナースコールをして、それだけ残してあとは片付けさせ、主人に食べたい物買ってきて貰ったのといった。この看護婦は、一時私が妻と同室に入院し、治療を受けていたことを知っており、その後、痛みはどうですかと訊かれた。

「痛みはまだあるので、モルヒネ系の錠剤を飲んでます」

私はよくなって退院したのではなく、仕事の関係と、外来でも治療が出来るのでそうしたのだが、あまりご無理なさらない方がいいですよと注意したあとで、妻が食事しやすいようにベッドを起こしてくれた。

「今の看護婦さん、私一番好きなの。親切だし、手際がよくて、治療のときも、からだを起こして熱いタオルで背中を拭いてくれるときも優しくて。何より気に入っているのは、本当に仲のよいご夫婦なのねと心からそう思って言ってくれてるのよ。そんなときふしぎにも勇気が湧いて来て、元気にならなくてはと思うの……」

「それには点滴からの栄養だけではだめなんで、少し食べなければ」

私は妻の食卓に、ウニとエビのにぎりを二個ずつ置いた。妻はウニのにぎりを半分ほど食べて、あとはあなたが食べてと私に手渡した。全部食べないと免疫が出来ないよという と、その代りエビは一個食べるわと醤油をほんの少しつけ、旨そうに食べた。おいしい。じゃ、もう一つ食べたら。もうたくさん、野菜サラダにする。と、ドレッシングをかけはじめた。

私は冷蔵庫から缶ビールを出し、それをコップに注いで妻に手渡した。思いがけないビールの出現に妻は目を瞠って、これどうしたのと言った。一緒に買って来た。私に？そうだよ、ぼくは飲めないもの、お前以外いないだろうさ。

「飲んでいいのかしら」

「大丈夫だよ、それくらい。男の患者はタバコを喫っているじゃないか」

妻は一気にぐっと飲んで、ああ、おいしいと言った。元気になったら大きなジョッキで飲みたいわ。

妻はビール好きだった。家にいても疲れると缶ビールを開けては、あなたも飲めたらいいのにと、むりやり一口飲ませて、おいしいでしょうと言ったものだった。外で食事をするときは、決まってビールを飲んだ。とくに妻はあまり油こくない中華料理が好きだった。病気の経過が少しでもよくなったら、むかしから私や妻と親しくしている私の会社の女性に車椅子を押して貰って中華料理店に連れて行き、そこでビールを飲ませてやりたいと思っていた。

コップのビールを飲みほすと、妻の目に涙が溢れて来た。その涙を妻は手巾で押えた。

「ありがとう。うれしいの。あなたが私に飲ませようと、不自由なからだでビールまで買って来てくれたことが……」

「偶然、障害者手帳を受けとってお前はとても喜んだから、このビールはお祝いになったね。しかし変なお祝いだけど……」

このとき私は夫婦とはまさに妙な存在、妙な関係だと思った。私と妻は初恋で、そのまま結婚し、一人娘が出来た。しかしその間二人はまったく何事もなく相思相愛だったとは限らない。心は繋がっていた。しかし家の中はごたごたしていた。私の両親は地道な生き方が出来ない性格で、金が入ると過分な贅沢をし、それが妻の心を逆撫でしたようだった。またお父さん借金で苦しむんじゃないかしら。余裕が出来ると、投機したり、お母さんに着物を買ってやったりしてるでしょう。お母さんて、世間も、経済も判らない、着物ばかり欲しがる人ね。妻の心配は的中し、父は思惑がはずれ、また金の支払いに苦慮していた。私は別居しようと思ったが、そうなるとすべて妻に日常生活で負担をかけると思って両親に何度も注意した。効果はなかった。

また妻は私のことでも苦労した。私は癇癪持ちだった。祖父もそうで私はその血を受け継いだのかもしれない。しかし祖父が癇癪持ちなのは、友人や弟たちの保証で財産を失ったことに原因があった。早くから隠居し、父の働きで僅かな小遣いをもらい、それで好きな骨董品を探していた。自分の持っている金の範囲内で買えない物に出遭うと必ず癇癪を起こした。

私の癇癪の原因は幼いときから始まっている。片足から来る差別がそのもとになっているが、それでも幼いときはまだ心をまぎらす遊びがあった。しかし大人になり、東京に住めなくて、そこから追放され、函館にもどってみると、その頃は民度も文化も低く、いつも私は情けない気持になった。妻だけでは心が十分に満たされなかった。

なにより私には話し相手がいなかった。ハイデガーやブランショに夢中になっても、私の周囲には、彼らについて語り合える友は誰もいなかった。東京がますます恋しくなり、私が函館にいるのは、何も妻に原因があるわけではないのに、私は烈しく妻をなじった。

妻は、自分をなじるのはお門違いだと言うことが出来た筈なのに、何も言わず凝っと私の不条理な剣幕に耐えていた。そばで見ていた娘は、お母さん何か言えばいいのにと思っていた。しかし、妻がお門違いを言えば、片足しかないからあなたは好きなところへ就職出来ず、それで東京に住めなかったのでしょうとさらに強調することになるのであった。それが私の心をどんなに傷つけるか、妻は知っていた。

いったい、いつ頃から私たち夫婦は傍目から見て相思相愛と思われるようになったのだろう。苦労をかさね、言い合いをし、互いに傷つけ合った年月のあとでのことで、六十近くになってからだろう。夫婦とは、壊れそうになった愛を壊してはならないと互いに気づいたときから始まる歴史だと私は思っている。目覚めとか、自覚とかは他者を思いやる心だからだ。

「まだビール残っているの」と妻は言った。私は缶に僅かに残っているビールを妻の差し出したコップに注いだ。ビールを飲みながら妻は野菜サラダを食べた。ビールが少し入ると物がおいしくなるわ、今日はとても、うれしい日になった。順一さんありがとうと妻は言った。

詩的握手

人間の永遠のテーマといえば死の問題だろう。ロシア系ユダヤ人を両親に持つウラジミール・ジャンケレヴィチには訳者も言っているようにプルーストのような手法で書いた『死』という哲学書があり、その中で、死を、こちら側の死、瞬間における死、むこう側の死の三つに分けた。判り易く少し解説すると、瞬間における死とは医学の領域がかなり広く含まれている問題かもしれない。むこう側の死とは宗教の問題であろう。こちら側の死のみが、死から距離を置いた立場で死について考えるので哲学の問題ということになる。

妻の死に出遭った体験者として、こちら側の死と瞬間における死について、私なりに書いてみたい。

私が前立腺ガンと言われたのは、先日裁判の判決が大変な騒ぎとなったオウム真理教の麻原彰晃が逮捕された次の年、今から八年前である。余り気にもとめない質のはずが、排尿のたびに出血するので病院へ行くと、検査手術をするという。五日間ばかり入院した。結果、悪質な腫瘍と判明。この悪質というのがじつは説明を受けたがよく判らない。前立腺ガンというのはガンのうちでもおとなしいとされているが、私のはそんなにのんびり考えてはいけないということか。

しかしどうおどかされても六十五歳になっていることと、七歳のとき、すでに右足を大腿部から切断しているので、これまでの痛さや不自由にくらべると驚くようなことではなかった。それが死に至る病なら寿命ということで致し方あるまい。私は他人がそばにいると夜眠られない、不馴れな人と話をするのも大の苦手なので一人部屋を取って貰ったが、そこへ来た掃除のおばさんに、あんたさんはよほど悪いのね、ここは殆どの人が死んでいく場所だからね、と言われたときは、あまりいい気持ではなかった。

退院後、月に一度肩に女性ホルモンの注射、さらにガンを効果的に抑える薬を朝晩飲んだ。通院は注射の月に一度だけで、さしたる変化がないことから、その前立腺ガンをみくびっていたが、三年ほど経つと尿の出が悪くなり、マーカー数値もうなぎ上り、そのうち尿が一滴も出なくなった。

下腹部がはってきて、目まいさえ覚え、どうしたらよいか寝ている妻を起こすと、彼女は車を呼び、深夜の病院へ駆けつけて尿を取ってくれるよう看護婦にたのんだ。それからはもう自力で尿を出すのがむずかしく、レーザーメスで膀胱の周辺を焼くための入院が決まった。そのときも一人部屋を取ったが、掃除のおばさんは前とちがう人で不吉なことは言われなかった。

若い医師から手術の説明を受けたが、これも告知時と同様よく判らなかった。最近の若い医師は素人に判るように説明する国語能力がない。矛盾した言葉を平気で使う。たとえば、かんたんな手術でリスクが少ないと言ったかと思うと、しかし、危険がないわけでもない、患者の体質によって異常事態が発生することもあるという。要はうまくいくと思うが失敗もあるという、俗に言う保険掛けの判断というものだ。手術への同意書に印を押させるなら、医師としてもう少し質の高い言葉を選んでほしい。

私は点滴が苦手だ。太っているわけではなく、むしろ痩せているが、血管が見えにくいらしい。それに移動する血管だといわれた。一度で針が入ったためしがなく、大概十回くらいかかり、あげくの果ては、その針の先で血管をさぐられる。見かねた妻が、この人は子供の頃から痛い目に遭ってるの、誰か上手な人いないの、と言うとその看護婦はとつぜん泣きだして、私下手なの、誰か呼んで来ますと詰所にもどった。その呼んで来たうまい人は、腕をあたためたり叩いたりして血管を浮かせ、四、五回で成功した。妻は看護婦を泣かせたということで強い奥さんということになった。

半年おいてまた膀胱の近くの尿道が塞がり、ガン細胞を焼却することになった。さすが二度目になると、三度めも四度めもあるのかとかなりショックを受けた。妻も心配して、あなたはどうして小さいときから痛い目にばかり遭うのかしら、可哀そうだわと言ってしみじみ私の顔を見たものだ。

その妻が、私より先に死んだ。そのときの妻の主治医はこう言った。伴侶を看病していた妻や夫が、ガンになって、先にガンになり看病されていた方が生き残るというケースが少なくないんです。運命とは皮肉で、ご主人の場合もそうです。

片足のあなたを置いて死ねない、が妻の口癖だったが、運命は私より先に妻の命を奪いに来たのであった。そういう足音をある日妻ははっきり聞いたのではなかったろうか。

「私が先に死んだら、あなたどうする……」

「困るよ」

「困るだけ？」

「いつもお前は、ぼくを看取ってから死ぬと言ってたじゃないか。お前が死んだあと、ぼくが生き残っている生活を考えたことはないから……」

妻は目を閉じた。瞑想しているのではなく、凝っと悲しみを怺えている顔であった。右足を切る年の春、私は母方の祖父に連れられて京都へ行った。いつ死んでもいいように、東本願寺で法名を貰い、ご輪番から頭に直接剃刀をあてがわれて略式得度をさせられた。そのとき聞いた坊さんの話を思い出した。死が身近にせまって来た人間だけに見える火の車というのがあるという話だった。足を切ったとき、いずれ私は近々その火の車を見るのだろうと思って怯えていた。しかし火の車は近づいて来なかった。そのうち私はその話を忘れてしまった。それが悲しみを凝っと怺えている妻の顔を見て思い出したのである。妻はここのところ間もなく死を迎える者だけに見える火の車を見ているのではないだろうか。

二、三日前から私は妻が変ったと思っていた。心の振幅が今までとはまるで違うのだ。閉じた目尻に微かに涙が滲んでいた。

これまでにも私は死について考えて来たが、私の死の思索はこちら側の死というものにすぎない。しかし、ここ二、三日の妻は、こちら側の死ではなく、死んで行く自分の死を間近に感じているようだった。話しかけるのも、何かを訊ねるのも、私にためらわれるのは、自分の死んで行く道がはっきりと見えている表情をしばしば妻は見せて涙を流しているからだった。

まだいくらか元気があった四、五日前、札幌にいる娘夫婦が訪ねて来た。すると奇蹟でも起こったように顔色が突然よくなり見ちがえるほど元気な以前の妻にもどった。退院したときに使おうと、妻と娘の婿のために二個だけ、二人ともビールが好きなので少し贅沢なグラスでビールを飲ませてやろうとガラス展がデパートであったとき薩摩切子の色鮮やかなカットグラスを求めていた。病室に置いてあったそれを娘に出させ、ビールを注いだ。そのときの乾杯する妻のにこやかな顔を写真に撮った。そのあどけないと言えるほどの表情の写真を今もときどき眺めているが、とてもそれから二週間後この世を去る顔ではない。

妻のためと、デパートの地下で求めたビールを飲ませたそのときよりも、写真はもっと生き生きした顔で、いかにも嬉しそうである。

主治医は妻の一日一日の変化を見て、私によく言ったものだった。あまり変化のないガンもあるが、あなたの奥さんの場合は極端な変化を見せるガンなんですよねと。もしかして奇蹟でも起こるかと思うくらい元気になったかと安心した途端に絶望的になる。

娘夫婦が札幌へ帰ると、淋しいわと沈むことが多くなった。それはしかしガンの変化によるものばかりとは言えなかった。もっと大きな要素は、私との関係で、一時は私の病気を気遣って、生き残った自分はどんなふうに夫の生前しのこした仕事を整理しようかということなどで気持をわずらわしていた。

しかし、まるで考えたこともない大逆転に襲われ、自分の膀胱にガンが出来た。かんたんに治るものと思っていたたった二つの影が、じつは恐ろしく進行の早い未分化ガンと知ると、一日一日回復の兆を見せ始めた夫の私を見て、先に死ぬのは自分の方ではないかという不安が忍びよって来たようであった。どんなに、夫を看取るまで一日でも永く生きていなければならないと気負ってみても、今までは言葉で知っていた寿命というものの実体が妻の頭を度々通りすぎていったようでもあった。

私はこれまで何度も病気をした。七歳で右足を大腿部から切ったときは、たしかに死線をさまよっていたと思うが、幼いときで、火の車が近づいて来た自覚はなかった。医者が看護婦をともなって何度も病室へ来ては私の脈をはかったり表情を見たりしていたから、付きそっていた両親は息子は生死の境をさまよっていると、はっきり感じていただろう。医者に訊ねると、生死は五分五分だと言ったらしかった。しかし私には生きる生命力があって助かり、以後も大変な病気はしたが、その間一度も火の車を見るという絶体絶命の近くへ行ったことはなかった。痛さから死にたいと思ったり、ノイローゼから死ぬかも知れないという不安に襲われても、真向に火の車を見たことはなかった。妻は完全にその火の車を何度も何度も見ているのであった。

閉じた瞼を開くと、凝っと怺えていた涙が目尻をつたわって流れ出た。悲しみと、悔しさの涙だろう。それをガーゼの手巾で押えると妻は椅子に坐っている私に目を据えて、あなたがいつか見せてくれた画集にポール・ゴーギャンの、とても色彩豊かなタヒチの女を描いたのがありましたよねと言った。私は妻がゴーギャンのどの画のことを言っているか判っていたけど、少しじらして、メトロポリタン美術館にある「二人のタヒチの女」はぼくも好きだ。

「あれは造形がしっかりし、女が手にかかえている赤い果物がすばらしい」

「その画もいいけど、娘さんの訃報のあとで描いたという『人間は何処から来て、何処へ行くのか』という画のこと……。人間は死ぬと、何処へいくのかしら……」

「判らない」

「私が死んでも、淋しくないわね」

「どうして……」

「あなたを慕ってくれる教室のひとたちがいるから」

「お前がいるから生きていられるんだよ」

「判った、じゃあ頑張る。でも、私が先に死んだからって、嘘をついたと思わないでね」

そのあと妻は凝っと私を見つめて、ゆっくり、ひとことひとこと言った。やはり、神も仏もいないのね。いれば、私にこんな悲しい思いをさせないと思うわ。私は退職してから、ずっと健康にも気をつけて、あなたより一日でも永く生きのびて、あなたを看取ることばかり願って来た。私があなたの妻になろうとしたそもそもの理由は、障害者として差別されて来たあなたに、あなたの持っている能力を発揮してもらうためだったわ。それには永い時間と、女の力と、家庭の愛が必要だわ。片足のあなたをほろぼすものは、家庭の温もりも、愛も何も無い、孤独だわ。両足ある人と異なって、片足しかないあなたの孤独は精神集中がもっともむずかしい。自殺を考えたりしたでしょう。あなたもそう言ってたし、あなたの妻になって、それがよく判った。私は教員として一生懸命になって、えり子も、夫のあなたも顧みられず、淋しい気持にさせたと思うの。幸い娘はいい人と結婚でき、私は生活ができるだけの年金をもらえた。これからあなたにますます好きな画と、いい小説を書いてもらえる時期に入って私にはあなたがすべてになった。だのに、今、こうしてベッドに磔になってガンと闘っている私は、あなたを看取るどころか、あなたに看取られるという皮肉な最期を迎える不安、絶望にしばしばかられている。

私は妻が喋っている間、妻の目尻から一雫の涙が流れて来るのを見ていた。もう妻は泣くしか抵抗のしようがないのだった。

私は妻の心情に触れて、切なさとむかしに遡って忽然と湧いて来た幸福感を感じていたが、それは結婚して間もなくのある状況を思い出させていたからであった。結婚当初、私と妻は、市電の停留所の近くの路地を少し入った瓦屋根の家の二階の一間をかりていた。妻は、義足をはずした寝間着姿の私をとつぜん背負って、義足をはずすと背負うのが楽ね。それにあなたは男だけど痩せているから、これから火事があっても他の天災があっても私はあなたを背負って、どこまでも逃げられる、と安心と微笑みを見せたのであった。そのときのことが何故こんなにもあらわに、しかも辛さといとおしさをともなって思い出されるのか。その過去の道と、先に死んだら夫はどうなるんだろうという一番妻が怖れていた現実の道とが、今、衝突しているのであった。

妻の顔がゆがんだ。目尻からふたたび涙が溢れそうになって、妻はガーゼの手巾をみつけて涙を拭いた。その直後、妻の顔が、目から涙を流しながらも内側から何かに押されたように、相好を崩したのであった。

「私、おならをしたわ。人工肛門はいつも、私が困ったり、死にたくないと思ったり、悲しんだりしているとき、おならをしているの」

妻は掛布団をはぎ、病院のパジャマをひらいた。おなかの真中にあるビニールのような透明な袋が白く濁っている。「これがおならなの。天使の微笑みの絶望なのよ。これを出したいわ」

もう、透明な袋の中に溢れるようにたまった白く濁ったガスを馴れた手つきで妻は外に出し、私に、窓を開けて、その窓から臭い消しを撒いて室内からおい出してほしいといった。命の生きている臭いであった。妻は、便は取ったばかりだからたまっていないと言い、ガスが袋の中から出て透明になると、そこに梅干のような小さな人工肛門がくっきりと顔を出した。そして妻は、順一さん、と私の名を呼び、見てごらん、とても可愛いからと言った。

私はしかとその梅干のような人工肛門と、それを可愛いでしょうと言った妻の顔を見た。ついいましがたの絶望も深刻な表情もあとかたもなく消えていた。この現象を私はまたあらためてしっかと記憶しておいた。これほど妻に大きな変化や影響を与えた人工肛門こと天使の微笑みとはいったい妻にとって何なんだろう。果たしてこのときのことを私の精神は正確に受けとめることができていたであろうか。

普通なら、人工肛門になったことを嘆き悲しんだり、腹を立てたりするだろうが、妻はまったくちがっていた。それで主治医は暇さえあれば人工肛門に見入っている妻を後ろ向きの姿と誤解してもいたのであった。

人工肛門は妻にとって救いで、この初めて見る自分の人工肛門にむしろ妻は子供のような思いでつきあっていた。それも私の障害と無関係でなかった。七歳からずっと義足というハンデで生きて来た夫と今や自分はようやく同じになった。身体障害者手帳も手に入った。種類こそ異なり、人工肛門という思いもよらぬものとつきあっていかねばならないが、見れば見るほど、人工肛門は可愛く見えた。それは何故か。切断して残った夫の右ももと同じかもしれない。結婚して間もなく、私の切断して残った小さな右足を見て、悲しい顔と、とても美しい顔と、あなたの右ももは相異なる二つの姿を持っているのねと言ったことがあった。この先どうなるか判らない妻の運命に、人工肛門は何かを与えていることは間違いない。それは一体何なんだろう。しばしば人工肛門を覗いて話しかけている妻の妙に明るい姿には、瞬間の死を知った者だけの、無念だがそれを受け入れるしかない、滅びゆく自分の肉体を超越した死との詩的握手でも秘められているのだろうか。

「有る私」と「無い私」と「樹影」

妻が生きていて、二人の間に夫婦生活があって、そこで飲んだり食べたり、また友人と会ったり、妻と一緒に旅行をしたり、友人の不幸や幸福に接したりの、もろもろの思索や感情を味わっていた私を「有る私」と一応定義付けている。この有るは、存在ということだけではない。「有る私」とは夫婦生活としての広範囲な私の日常のことなのである。それにたいして「無い私」とは文字通り、有るにたいしていままで無かったことを言っているのだが、これは妻を喪って知った私のことで、現実に妻を喪って数日経たなければ判らない世界と私の関係なのである。

「有る」私はすぐになくならない。主治医から、奥さんは心臓だけで生きていると言われたときも、受けとめていたのはこの「有る私」の私であった。奇蹟を願いながらも覚悟を決めてもいた。様子が急変したと呼び出されて病室へ駆けつけたとき、妻は一雫の涙を流したが、その涙の意味をはっきりと私は悟っていた。もういくばくもない妻の耳に私は囁いた。お前ともっと文学や音楽の話をしたかった。人生についても語りたかった。娘のえり子や孫のことを話したかった。婿のことも喋りたかった。その余裕はもうないのか。小指で目尻の涙を拭うと、また新しい涙が流れて来た。涙で妻は悔しさや今の心境を訴えていた。妻の心のすべてが判った。死を間近に妻は最後の気力をふりしぼっていたのである。そのときも私は「有る私」であった。かつて妻はこう言ったことがある。「私が死んでも誰にも知らせる必要ないわ。あなたと娘のえり子の傍に寝かせておいてほしい。そのとき真赤なバラの花を一本だけ枕許に添えてくれればそれでいいの」このときもこの妻の言葉をしかと受けとめていたのは「有る私」なのである。

しかし人は死ねば私人ではなく公人となる。私と娘の二人だけで妻を葬ることは出来ない。届けをだし、人を呼んで公開せねばならない。通夜の日取りを決めて新聞に死亡広告を出した。教員生活を三十五年もやって来たから教え子が集まった。葬儀委員長は立てず夫の私が妻の死の経過を喋った。他日お別れ会もした。そのときも「有る私」の中の私であった。その私は、これから妻の魂を守り、むかしを偲んで生きていこうと思っていた。

しかし、骨箱のそばの遺影を眺めていたとき、とつぜん私の精神と肉体に大きな変化が起こった。

「有る私」は私から消え、「無い私」が出現した。この「無い私」とは、今までまったく無かった、その存在さえ知らない未知な私で、これまでに一度も見たことも、遭ったこともない私だった。その私が心の奥底から浮上して来ると、物静かにこう言ったのであった。

「妻を喪うというその現実が今はじめて判ったろう。これからは、生きる意味のない世界をお前はさまようことになるだろう……」

とたんに私は無数の鋭い針で心臓を突かれた痛みに襲われた。呼吸が苦しくなった。じき息が出来なくなるのではないか。それならそれでいい。生きるより、死を選びたい。死者であれば妻を探せるかもしれない。しかし、心臓発作がおさまると、涙がとめどもなく流れて来た。私は妻の写真に向って嗚咽し、さらに烈しく泣きじゃくっていた。自分がなぜ泣いているかも判らなかった。心のコントロールを失っていた。妻の死を看取ったときの私のあの冷静さはどこへいったのか。まるで私は幼児のようにわめいていた。どうしてお前は私を十重二十重の闇に突き落として死んだのだ。こんなに私を悲しませ苦しめるために死んだのか。

私は酒が飲めないから、酒になぐさめを求めることが出来ない。義足なので心をまぎらわす散歩もままならない。マンションの一室で凝っと磔になって身動きもできずに坐っているより道はない。夜が来るとまた悲しみが襲って来た。妻の写真に向って、どうして私は一人で生きねばならないかと叫び、すすり泣き、いつまでもつなみのように襲ってくる悲しみに翻弄されていた。こんな夜が何日も続いた。

今まで私は何も判っていなかった。妻といっしょに生きていた「有る私」の私は、何人もの妻を喪った男たちに接し、その都度はげましてきた。これからは君は亡くなった奥さんの供養をしっかりし、奥さんの分も生きねばならない、と。ああ、なんという愚かなことを彼らに私は言って来たことか。こういうことを言うのはまだ夫婦でいた「有る私」の、愛するものの対象喪失の悲しみを何も知らない傲慢というものだった。

私も妻を喪って以来何人もの人から、奥さんの分も生きて、永生きせねば……と言われて来た。これはどういう意味だろう。悲しむ心に全然届かないありきたりの言葉であった。未だ夫婦でいる男と、妻を喪った男との間の、乖離は何処から来るのだろう。想像力も常識も通用しないのが、伴侶を喪った世界で、これは体験者以外には絶対に判らない深淵との対峙である。そこにはもう「有る私」はいないのだ。「有る私」は多数者で、そのことは世界にとって善いことであり、必要なことだ。しかし、その「有る私」はいつか「無い私」に変るのである。だが、しかし、これはそのときになってみないと絶対に判らないというところに「悲しい人間の、あるいは人生そのものの本質」がある。

妻が片足の私をのこして死んでいくのを断腸の思いで悔しがり、神も仏もいないと言って事切れたことを承知していながら、その妻の遺影に向って、私をこんなに悲しませて早々と死んでいくとはどうしてなのかと、詰りたてていたが、そのくらい思いも掛けない不意の出来事だった。

私は自分の変りように驚いた。妻が死んで少しの間、緊張していたからなのか、じつに気が張っていて、あれもしよう、これもしようと喪の仕事の中で頑張っていた。妻の写真に向って、さめざめと泣く自分なぞ想像もしていなかった。しかし、妻の写真を見ると涙があふれ、生きていることが咎められもした。夜が来ると私は妻の写真の前に坐っていた。これから一人で生きていくことが辛いと思い、死ぬのが一番だと思った。妻が死んでいるのに、死ぬことも出来ず、おめおめと生きていることが、許されないことであり、罪深いことだとも思った。

こういう思いはどこから来るのか。生きる意味がもう摑めなくなっているからだろう。死ぬのが一番だと思いつつ、どんな死に方があるか考えた。これまで二度自殺未遂をしているが、そのときの死への願望と、妻を喪って死ぬのが一番だと生を彷徨っているのと、同じものではない。ノイローゼはなりはじめと、治りがけに自殺者が多いという。治りがけの自殺者にヘミングウェイがいる。私の場合は、ノイローゼになりはじめのときだった。辛いそのときは妻の予感で救われた。妻の遺影の前で死ぬのが一番だとそんな思いに耽っている私の心にあるのは、病にたいする絶望ではない。たとえて言えば江藤淳と同じ心境だろう。それは後追い心中の気持に近い。もう妻の声を聞くことが出来ない。楽しいことがあっても、悲しいことがあっても、喋る相手がいない。これが生きる意味が摑めないということだった。妻はどこに居るか。生きているから判らない、死んだら判るかもしれない。

今日もまた永い夜の時間が来る。妻の写真の前に坐ってこみあげて来る悲しみを凝っと怺えていたとき、腰のあたりにとつぜん鋭い痛みが走った。心臓発作と違う。この外科的な痛みは激しくて怺えきれず私は痛み止めの坐薬を使った。徐々に痛みが和らいでいく。私はまだ前立腺ガンが治っていないのだ。妻の死で病院へ行くことも治療も忘れていた。死ぬのが一番だと思っているのに、病院へ行くのも変な話だが、病院へ行くと放射線科の医師が、一寸気になるから写真を撮ってみましょうと写真を撮った。結果、脊髄の、以前とは別の部位にガンが転移していることが判り、今なら通いで治療出来るという。医師の指示に従った。それは彼がこう言ったからだった。

「死の仕度というのがあるんですよ。別な言葉でいうと、ホスピスでしょうね。死刑囚も虫歯があれば治す。内臓に疾患があればそれも治す。こうしてからだを整えて刑の執行を待つんです。あなたも痛くないからだにして奥さんのところへ行くことを考えて下さい」

私は二度目の放射線を十六回かけることにした。妻も放射線をかけた同じ病院だから、廊下ですれ違った切ない思い出が還って来た。そのうちに私は大変大事なことを忘れていたことに気がついた。

いずれ妻は退院出来るものと思っていたから、そのときのために、私は墨で樹の画を描いていた。出来上ると次々妻に見せた。いずれ妻の退院を記念して個展をするつもりでもいた。とくに妻が気に入った画は、病院の敷地内にあるかなり樹齢が経っている桜の樹と、白い壁に鮮やかに映っている木影の面白さに魅せられて描いた巨きな欅の二点で、いつまでも妻は眺めていた。

「この二枚がとくに好きだわ。額装するんでしょう」

私は頷いて、会社の女性を呼び、いきつけの画材店で、なるべく早くこの二枚を額装するように頼んで貰った。二日後、二枚の画は額縁の中でさらに伸びやかに蘇ってもどって来た。妻は、壁に掛けていた前に描いた栗の木とこぶしの木の画を新しい二枚に替えさせた。

私は自分でもないことこのふたつの墨絵は思うように出来たと思っていた。桜の巨木は太い幹が途中で二つに分かれ、空間いっぱいに枝をのばし、永い冬に耐えて来た力強さをあらわに見せていた。桜の木と離れたところにある欅は、欅そのものよりも、それが白い壁に映っている影を描いてみたのだった。

妻は、欅そのものでなくてどうして樹影なのと言った。その理由が判ればいっそうこの墨の樹影が気に入るのではないかといったようなものを感じさせた問いでもあった。最初から樹影を描くつもりはなかった。偶然からだった。最初は枯れた欅のその端整な姿とどこか優雅な枝ぶりとを真正面から描いていた。殆ど出来上ったとき、曇り空から太陽が顔を出した。振りむくと、白い壁に影が映っている。眺めているうちに、本体よりも樹影に魅かれるものがあった。木と壁の距離と、照射している光の角度による微妙なバランスが、光を浴びて生き生きと空間を占めている欅本体よりも美しく見えた。考える暇もなく私は憑かれたように新しくスケッチブックをめくって墨でその木の影を描いていた。出来上っていく過程で、私は欅の秘密を影という姿で共有し、本体がいつか消えても、この壁に映っている木の影はいつまでも残るだろうと思った。

「私もそう思うわ」と妻も同調した。「あなたの今の説明で、樹影のほうに、永遠を感じたの……」

「永遠？……」

「歴史ってすべて影として残っているでしょう。正史の目撃者は誰もいない。その暗示が影ですもの。影だから物語も想像も許される。私、あなたはそういうものを描いたと思ったのよ」

ここまで私に自覚があったかどうか定かでないが、妻は私の画を毎日眺めて生きるはげみにしていた。しかし奇蹟は起こらなかった。他にも二十枚近く墨で、さまざまな春のまだ芽をふかない樹木を描き、個展の日取りまで決め、妻といっしょに初日を迎える段取りをととのえていた。妻もその日を楽しみにしていたが、容態が急変して、その日の来ないうちに死んだ。

個展会場の予約を私は取り消していなかった。入院後一度も連れて帰れなかった妻の部屋に置いてある画から私は欅の樹影を取り出して眺めた。胸が熱くなり、感情がこみあげ、ひとりでに涙が出た。妻に会いたい、そして毎日樹影を眺めて何を感じたか質してみたかった。今の私には、この樹影と、妻がもう現世に存在しないのに、そのときどきの背後にあった生活を教える写真とが符合するのである。それぞれ異なる一枚一枚の写真はまさしくその背後の永遠の記憶の物語を暗示していた。妻はあのとき樹影を見て何げなしに「永遠ね」といったのは、妻が写っている写真にこそ永遠が宿っている予言であった。

あの元気だった妻が余りにも早すぎて他界したため未だに私には妻の死が信じ難く、何かの間違いのように思えてならなかった。親しくしている女流画家のKさんは、奥さんへの思慕は三年は毎日つづきますよ、と言った。交際期間と結婚生活を加えると、ゆうに五十数年間である。それが一、二年で相手の死が消化されるものではなかった。

妻を喪ってはじめて判ったことは、人間そのものが、神よりも、仏よりも、ずっと偉大な存在だということだった。それは有限であるからである。死ぬからである。死は偉大なのだ。死の身代りは誰にもできないから、自分だけが死んで行くのである。妻は死んだことで、これまでの私の軟弱な考えを否定し、再び死について真向から考えさせた。

死者になってはじめて妻の居所が判ると書いたが、妻は私の頭の中にいる。だから写真の永遠性が判り、写真を見ると、そのときの思い出が物語のように甦るのだ。私は七歳で右足を失ったがその足もすべて私の頭の中にあるから、義足が操られるのと同じである。

六月二十二日夜十時、妻は死んだ。二ヵ月後の約束の八月、私は友人の力を借りて妻の供養もかねて樹木を描いた絵の個展をやった。

思い出

写真を整理していたら、幼稚園に通っていた頃の娘の、半ズボンにソックスの、少年ぽいスタイルの写真が出て来た。東京の豊島園で撮った写真のようだった。何年かに一度、都内の中学校の視察旅行というか、研究旅行というのがあって、妻の富美子は音楽の教員として数回都内の中学校を廻っていた。当時私の弟が三輪に住んでおり、そこで国際劇場と国立劇場にのり巻とかいなり寿司の詰め合わせを卸していた。二階の八畳間が空いていたので一週間泊めて貰うことにし、妻の富美子はその年、山谷にある中学と、上野の音楽に力を入れている中学の二校を視察することにしていた。私には新潮社の文芸誌「新潮」の、鬼の編集者といわれていたらしい菅原國隆氏と会う約束があったので、娘のえり子を連れて三人で同行した。

秋の頃で、とくに豊島園の周辺の樹木が印象に残っている。私は何処へ行っても樹木を見るとすぐその木が持っている沈黙の大きさや深さに魅了されてスケッチせずにはいられなかった。豊島園でも、私がスケッチを始めると、妻も娘もそばにいて眺め、公園にある乗り物はそっちのけになった。私が以前から描いてみたいと狙っていたのは井の頭公園で、あそこの樹木は見ているだけでからだじゅうに震えがくるくらい魅力的なのが多かった。

次の視察はそこの近くの中学校に決められたら……と妻に言うと、次というのは五年後だから、その頃はもうえり子は小学生の高学年になって、三人で旅行しても楽しいかもしれないと言った。

そのときの笑顔がまざまざと浮かんで来た。三十代の希望に満ちていた女盛りだった。からだは健康そのもので、長い足でさっそうと姿勢をただして軽やかに歩く。東京でもときどき富美子は、とくに若い女性から振りむかれた。えり子は目鼻立ちのはっきりした子供で、服装によっては少年に間違われた。そんなえり子を連れて歩くと、いっそう富美子は美しく見えるらしかった。今でも私は、五、六歳の少年がじつによく似合う若い母親というものがいると思っており、そういう少年と若い母に出会うと、自ずと私は足をとめて見惚れるのである。

えり子は少女で少年ではないが、却ってその少女が、神秘的な少年に見え、それがすれ違う人が若い母親に、ふと話しかけたくなる魅力を添えていたのかもしれない。たまたま中年の男にうるさくつきまとわれて閉口していた妻は、夫と一緒なのですと、スケッチしている私を指さすと、男はあわてて立ち去った。

しかし今思うと、五歳のえり子を初めて東京へ連れて行き豊島園周辺で遊んでいたとき、すでに私と富美子の間には、老後は先に富美子が死に、片足の私が後に残って不自由な生活をせねばならぬことが決められていたのだ。宿命とはそういうものか。

当時五歳の娘は、今では二児の母であり、二児とも男の子で、上は今年大学生になった。下は中学の二年生である。上の孫が大学へ入ったら二人して入学祝いを持って行こうと話し合っていたが、妻はその夢も果たせなかった。

視察さきの上野の中学校は家庭環境のよい、全国の音楽コンクールで何度も上位にランクされている学校だった。そこを選んだのは、自分も音楽の教師をしており、一年前から混声合唱の指導を始めてコンクールで上位を目指していたからでもあった。山谷の中学校を選んだのは、恵まれない生徒の多い中学校の実態も自分の目で確かめておく必要があると思っていたからのようである。

富美子が最初に赴任したのは生活に恵まれていた地域の中学校だったが、二度目は金持とその日暮しの貧乏な家庭の多い複雑な地域の学校だったので山谷を選んだのだろう。

最初は上野の、富美子がいればその学校名を訊くことも出来たが、一つ私の記憶にはっきり残っているのは中学生のプロの童謡歌手がおり、その子がうしろに立っている富美子が気になるのか、しばしば先生に注意されても、うしろの女性は何者なのかと値踏みするような視線を送りつづけたという話だ。指導の先生の音楽教育は巧みで、洗練された合唱に、よほどこれは帰ってから自分たちの生徒に活を入れないと互角の勝負にならないと思ったともつけ加えた。弟の嫁さんは、上野には何校か音楽に力を注いでいる中学校があって、そこから一流のピアニストや声楽家も出ていると言った。

富美子はその一校の視察から、音楽にたいする生徒の質や生活環境による音楽の楽しみ方が身についていることを知り、どうすればここで見て来たことと学んだことを自分の音楽教育に取り入れられるか、函館へ帰った後も熱心に考え、研究していた。

しかし私はそんな妻よりも、山谷での出来事の方が、妻亡きあとも、そこには彼女の性格まで彷彿とされて、彼女はやはり教師としてもっとも相応しい生き方をして来た実直な女教師であると思うのであった。

山谷の、妻が訪問先にあらかじめ選んでいたのは、たしか蓬萊という名が頭についた中学校ではなかったろうか。山谷という地名は今はないらしいが、昭和三十八年の頃は、日本全体がまだまだ生活の貧しい国であった。教員の給料も高くなかった。とくに山谷はその日暮しの労働者の町であった。何人かの児童生徒は、家がなく、住居は木賃宿で、旅廻りの子供がいたり、バタ屋の子供がいたりした。

家庭教育は勿論、上野や山手線の周辺とは比べものにならない筈なのに、教室へ行ってその真剣な授業態度に富美子はびっくりしたと言った。廊下も綺麗で塵一つ落ちていなかった。さらに富美子は直接校長に会って、驚くべきことを聞いた。

「ここの学校の生徒の一部は、学校へ来る前に、自分たちが寝泊りしている旅館や木賃宿の前の、夜遅くまで飲んだくれていた日雇の食べかすや酒のびんやゴミ屑をきちんと片付けて、登校してくるんですよ」

上野の中学校の音楽教育の質の高さにも驚いたらしいが、それ以上に、この中学校の生徒の行儀のよさと躾けに感服した。富美子は訪問した学校を辞して歩いていると、昼間だというのに、もう路地では仕事が終ったのか、それとも仕事にあぶれたのか、酒を飲んでいる連中がいたそうだ。のどが渇いたので喫茶店に入った。薄暗い喫茶店で、そこでも酒を飲んでいる連中がいた。弟の家へ帰って、弟の嫁さん、つまり義妹に山谷の中学校の生徒の行儀の良さにびっくりした話のあとで、喫茶店に入ったが薄暗くて、注文した珈琲も落着いて飲めなくてそこそこに出て来たと話すと、義妹も弟もびっくり仰天、「よくお姉さんそんなところへ一人で入ったわね。土地の者は誰も入らないわよ、恐くて」と言った。

「そうなの……何にも知らないから平気で入ったけど、少し居て、長居が出来ないと雰囲気でさっして、早く出て来てよかったのね」と富美子は言った。この話はその後も富美子の人の好さを表すエピソードとして、弟の家にいる間しばしば話題になった。

上京の中心であった妻の学校視察が済んだので、私は「新潮」の鬼編集者菅原氏に会い、翌年の四月頃まで小説を書いてみる約束をした次の日、娘を連れて三人で浅草へ行った。

雷門の中道を歩くと、両側には娘の注意を惹く物があふれていた。女の子らしく小物類や色紙に興味があったのだろう、じっとその色紙の前で立っていると初老の店主らしき人が、男の子が色紙に興味を持つなんて珍しいねと言った。ベレー帽をかぶり、眉毛が濃くて太くて、ほとんど一直線に見えたから娘は完全に少年に間違われたのだった。それが娘の女の子としての誇りを傷つけたのか、その初老の男に向って、私は男の子ではありません、女の子ですと言い放った。

私と妻は顔を見合わせた。いつもとまるで異なる娘を発見したからだ。妻は教員をしていたし、私は家で人形の下絵描きとか依頼原稿とか書いていたから娘は少し離れた私の両親の家に日中預けており、そこでは祖母の影響で物静かに躾けられ、あまり自分の意思をはっきり表に出したことがなかった。それだけに浅草中道での抗議は意外なものであった。今は二児の母だからおとなしくしていられないのだろうが、三ツ子の魂百までもで、芯の強い女の子であったようだった。

初老の男は、ごめん、ごめん、この色紙十二枚おわびだよと娘に差し出した。ただで貰っては悪いと、妻は他の色紙セットを二、三買った。娘は満面に笑みを浮かべて、お父さんやお母さんに東京に連れて来て貰ってよかったと言った。

昼になっていた。何を食べようかということで、えり子は屋台の焼そばがいいと言った。祭りになると祖父母に連れられて函館でも屋台のおでんとか焼そばを食べていた。食のまだ乏しい時代だったが折角浅草に来たのだから〝どぜう〟でも食べたかったが、子供にその味はむりで、焼そばを取って丸太の椅子に坐って食べた。

妻が撮っていた写真を整理しながらこのときのことを思い出しているが、楽しい時間は思い出として残るが、早く過ぎ去るもので、もうこの頃のえり子は何処にもいない。それは私の頭か、去年の六月に亡くなった妻の記憶にしか残っていない。そしてそういう事実や時間空間があったことが妻の撮った十二、三枚のスナップ写真となって残っているだけである。

その日の夜、弟の家で、弟が作ってくれた散らし寿司を食べた。私は下戸だが、弟は酒が飲めた。妻も酒が好きで、弟が作った刺身とか冷や奴とかで酒を飲んだ。弟も酒がはいると機嫌がよくなる方だが、私の妻も酒がはいると別人のように饒舌になり、笑顔がたえなかった。

「お姉さんのお酒って、ほんとうに楽しそうね」弟の嫁が言うと、妻は、「ふさ代さんは飲まないの」と訊いた。

「お兄さんと同じで、飲めないのよ」

「順一さん、お酒飲めるといいと思うの。何度もすすめたけど体質的に合わないのね。肝臓でアルコールが分解出来ず、酔うどころか具合が悪くなるの、淋しいわ。いつも神経質で憂うつな顔をしてるでしょう。だからお酒の酔いとか、その楽しさとか教えてあげたいのに……」

いつだったか富美子はかなり酔っぱらって湯川の割烹旅館の仲居さんに送られて帰って来たことがあった。まだ三つか四つのえり子は、お母さんが帰って来るまで起きていると言っていたが、そのうち眠ってしまった。その日、学年会があるから、帰りは晩くなることになっており、えり子と夕食をすまして下さいねと朝出掛けに言っていた。

会のときは多少晩くなることがあっても九時か十時頃には機嫌のよい顔でもどっていたが、その日は十二時すぎても帰って来なかった。こうなると心配になって落着かなかった。また嫌なことでもあって喧嘩でもしたか、それとも喧嘩も出来なくて気分転換に女学校時代の友人のやっているバーへでもいって遅くなっているのだろうかと思っていると、知らない女性と一緒に帰って来た。富美子と同じくらいか、一、二歳上の、顔立ちのととのった品のある仲居さんで、つむぎの和服姿だった。

玄関に出迎えた私を見て、富美子は、あなた怒っている、今日だけは怒らないでねと言った。一緒に玄関まで入って来たその仲居さんは私をみつめて、とてもハンサムな旦那さんね、奥さんが惚れるのもよく判るわ、とお世辞を言ったあとで、奥さんとは気が合って悩みを聞いて貰ったの。私の主人は銀行員だったけど急死しそのあと私はホステスになったけれど、とても勤まらず、湯川で働いているの、と言った。苦労ばなしを聞いて貰いながら二人で飲んでいるうちに午前様になったんです。私、ご主人に謝らなければと思って一緒に来ました……。富美子は上ってお茶でもと誘ったがその女は遅いからと辞退して、悩みを一字一句聞いてくれて、うれしくて、勇気も出ました。旦那さまは右足がないそうですね。そういう方を何とか一人前の小説家にしたいと頑張ってるそうですが、奥さんならきっとあなたを一流の小説家にします。そういう優しい天性を持ってますと言って帰っていった。

あなたがお酒が飲めたらどんなに楽しいか判らないと口癖のように言っていたが、この晩くなった夜の、仲居さんとの話を妻は出来ればじっくり私に語りたかったのかもしれない。そのことを思い出して、弟夫婦に私は、こんなことがあったと前年の話をすると、妻は、あのときのことをそのうちゆっくりと話したいと思いながら話してなかったわね、あの日は疲れて眠ってしまったから、とそのときの様子を思い出したようだった。

私を一流の小説家にするという情熱は、妻にあったことは確かだ。もっともその言い方でいえば私は自分では三流と思っている。私が人に誇れる作といえば、二冊。一冊は河出書房新社から出た『湯灌師』と、もう一冊はおうふうの『神さまはいますか』である。この二冊は私でなければ書けない内容だと自負している。いずれ私にもドストエフスキイに負けず劣らずのテーマがみつかると信じて毎日原稿用紙に向っている。みつかったらそのときこそ、私も一流の作を描く小説家になったといえるかもしれない。キリーロフは神がいなければすべては許されると自殺して人神になった。しかし私は、自殺出来なかったキリーロフを書きたい、それはまた私のことでもあった。

もし神がいれば七歳から七十五歳まで義足で生きねばならない何を神は私に託したのか。

妻は、神さまなんか居るもんですかと言った。居るなら私をあなたより先に殺そうとする筈はないもの、と。神がいないとすれば、私の六十八年間の苛酷で不自由な義足の生活はたんなる偶然なのか……。私の書いた小説『神さまはいますか』には、親に捨てられた施設の障害者が登場する。彼らは親を探している。一度も見たこともない親を肌で探している。それを神は放っておくのか。そういう神を弾劾するために、私の描くキリーロフは自殺しないのだ。

一人

僕は存在していた、お前の中に。

パウル・ツェラン

「周期的な淋しさが、又私を苦しめています。何を見ても、何を聞いても泣きたくなります。昨日、運動会の総練習が四時半まで、其の後、疲れを忘れる為に音楽室で、『乙女の祈り』を弾きました。丁度六時、夕日をうけながら連絡船が走って行きました。じっと見つめていたら、余りの美しさに涙が出て来ました。でも、それも束の間、長い煙の尾をのこして消えて行ってしまいました。いつまでもたった一人で、あんな景色を見つめながらピアノを弾き、そしてあなたの事を偲ぶ事が出来たら……。七月が余り遠くの方にあるので待ち遠しいです。淋しくなったらすぐあなたの胸に抱かれたいのに。たった一人で、がまんしなければならないんですもの。あなたは淋しくないの？　理由もない淋しさ……」

　これはまだ私の妻でない、昭和二十七年六月十三日の池田富美子からの、東京杉並区の下宿にいた私宛の手紙である。

　私は学生で、七月十五日には夏休みで帰省することになっていたが、まだ一ヵ月以上あった。しかし、どんなに淋しくても七月十五日になれば私は函館へ帰り、毎日二人は会えるわけだが、この何度目かの富美子の手紙の書き出しは、じつは五十年後の今の私の心境を言い当てており、その私はしかしもう富美子に会うことが出来ず、それこそたった一人で、「七十四歳のお誕生日、おめでとう」と自分と同じ白地に青いチューリップ模様のタオルを贈ってくれたときの、まだ色艶の豊かな、とても二ヵ月後に死ぬとは思えない写真を見ているのであった。

　昭和二十七年といえば富美子、お前は二十六歳で、私は三つ年下だから二十三歳であった。二人が別れることを利口な大人たちは願って、ある策を弄して離ればなれにされたが、二人の心を繫いでいたのは手紙であった。今とは異なり電話をもつことは目の玉が飛び出るくらい高値で不可能である。週に一度手紙を出すことにした。その二人の夥しい手紙をお前亡きあと整理していて、二十六歳のお前の淋しさと、去年の六月二十二日お前を喪った私の淋しさとがかさなり、まるで予言しているようであった。

つまらぬ男を愛したという廉《かど》でお前は自家から遠い、今は名前が変ってしまった元船見中学校に転勤を命じられ、帰省した私は、そこの音楽室で、夏の夕日を眺めながら、お前の弾く「乙女の祈り」を聴いたものだが、その遠いむかしが、妙に切々と思い出されるのも、もうこの世にお前がいないからであろうか。

一九二九年、ニューヨークの株が大暴落した年、私は函館で生まれた。私をこの世に取り上げたのは、東大生で国際派のコミュニストであった田中清玄の母田中愛子である。そのときはまるまると肥えた丈夫な男の子であった。それが二歳のとき結核性関節炎にかかり、二・二六事件の秋、右足を大腿部から失った。

永いこと私は自分は何のために生まれて来たのだろうと思っていた。そんな疑問を持って一日一日を送っていたとき、やがて先へいって出会うことになるお前は函館山のふもとの谷地頭という町で、四人きょうだいの末っ子として、小さい頃から正義感の強い、女よりも男の子として生まれていたならどんなにか頼もしくよかったろうと、すぐ上の兄とくらべて母親に思われていた子供であったのだった。

さてその、お前より三歳年上の兄は戦争が日本に不利になると病弱も顧みられず兵隊に取られ、一年もたたないうち終戦になって胸を患ってもどって来た。そしてふしぎにもお前が膀胱の剔出が出来ず放射線治療を受けたK病院の前身の療養所で亡くなった。帰省していた私をお前は、もうどれくらい生きられるか判らない、戦争の犠牲になってやがて死んでいく、おとなしい、お前の言葉でいうなら女の姉妹のなかで育ったお手玉しか知らない優しい兄に会わせてくれた。彼は、この男が、妹が心から惚れている大学生なのかと、いとおしさと不安な思いで私をじっと見ていた。その病気の兄は、妹から私のことを聞いて、一目会っておきたいと思ったのだろう。ほんとうに短い会見だった。亡くなったとき私は東京にいた。

足を切断してまもなく、母方の祖父が義足を買ってくれたが、その頃たかだか七歳の子供が義足をつけているということは稀有なことで、私より年上で怪我で片足をなくした青年たちは大概松葉杖だった。健康保険制度も、障害者救済の制度も何もない時代だ。もっと驚くことを言うと、市電で轢かれて怪我をしても市は病院代を出さない。轢かれ損だ。市だけではない。馬車に轢かれても病院代がもらえないどころか悪いのはそちらだととどなられたそうだ。そういう怪我や病気にかかるとすべては自己負担でやるしかない時代で、小学生が義足をつけていることは他の障害者から見ると、それは羨ましい限りだった。

しかし私にすれば、そういうことで羨ましがられても困ることだった。小学校を出たあと、肉体の欠損者ということで、中学へ入れて貰えなかった。また軍人になれない少年ということで、ムダめし食いの子供と馬鹿にされた。子供のくせに桁はずれの高い金額の義足をつけているという嫉妬もそこにあった。

しかし上の学校に行けなかったことや、一人前の人間として認められなかったことで、私はすでに十二、三歳でなぜ自分のようなものが生まれて来たのかと考え、神経衰弱を煩い、よく祖父からこの子は早死だなと言われていた。しかし、ある女性が私に一つの生き方を教えてくれた。それが後に私の妻になった女性だが、もし彼女に出会わなければ私はどうなっていただろう。

十九歳のとき、私は初めてその女性に出会った。そのときは池田富美子という音楽の女教師で、多くの男性から慕われていた。彼女が私に教えてくれたものは、死を人生の目的としてはならない、人生の目的は生きることだといった。私は幼いときから死を考えていた。結核菌が新しい骨を蝕む度に私は母と父に死なして欲しいと頼んだ。病む足の激痛におそわれた真夜中、私の寝床の周辺には父も母も祖父も医者もいた。しかし誰一人として右膝の激痛を訴えている私の力になれる者はいなかった。一晩中私は痛みに泣き叫びながら大人への不信を強めていった。私は呪われた誕生なのだ。

ある日、外科医が私に言った。

「坊や、またいつ足が痛くなるか判らないね。どうだろう、その痛む足を取っちゃったら」

「そうすると、もう痛みはないの?」

「そうだよ」

私は右足を大腿部から切断することに同意した。

病む足と、その足を切断するという幼い頃のできごとは、大人になっても夢という形で私を悲しみのどん底へ引きずり込んだ。そのときも妻は、真夜中の夢の中ですすり泣く私を目覚めさせて、夢を見ていたのねといい、明るく面白い話を作ってなぐさめてくれた。あなたのそういう不幸が、私をあなたの妻にしたんだからね。私が好きなら、がまんするのよ。あなたの好きな画家のロートレックは、人は自分の人生に耐えなければならないと言ってるでしょう。私はいつでもあなたが目に出来るように、おトイレの壁に、毛筆で書いて貼っておいてあるでしょう。妻の微笑む顔が闇にぽっかりと水蓮が咲くように浮かんだ。

私の不本意な生活は妻と結婚したあとも変らず続いた。戦争に負けて、新憲法が出来、ようやく不具の私の人権は認められ、大学へ行くことは出来たのだが、片足義足ということでどこも私を使ってくれなかった。学長の推薦を貰っても、どこも「不採用」だった。生活のすべては妻の働きにかかっていた。何よりの痛手は東京を去らねばならないことだった。

画を描いても、小説を書いてもうまくいかなかった。私の心の底には子供の頃の不信感が棲んでいたから、画にせよ、小説にせよ、恨み辛みが強く表面に出て、いつも評価は最低だった。今私は文学学校の講師をやっているが、障害のある大人の生徒に、決して自分の障害の辛さを書くな。車椅子の不自由さではなく、あるいは松葉杖の怒りではなく、そういう障害者が沈む夕日をどう見たか表現せよ、そこには健常者が見ることの出来ない個性的な夕日が表現されている筈だと教えている。しかし私自身、そういうことに気づくまでは永いこと障害の苦悩をただ書いていた。

妻はいった。

「あなた、ゆっくり自分をみつめ、世界をみつめなさい。あわてることはないのよ。幼い子供が、いつ、いかにして『ぼく』という一人称を発見し、その『ぼく』を使うようになったか考えなさい。一人称を発見したときの幼児の震え、発見の過程を通って、あなたも自分の障害について見直して欲しい。それができたとき、怒りやトラウマを越えた美しい客観的な『私小説』になっていると思うの……」

この妻の言葉は、絶望ばかりして、すぐ死にたがる私の心のブレーキになっていた。ある日、私は妻に言った。何を希望にして生きたらよいか迷っている私に、君を取り囲んで二人を引き裂こうとした客観的には利口な人たちをしりぞけて、君に会わせてくれた神がいたんだね、と。すると妻は言った。あなたはなんて愚かなことを言ってるのよ。そんな神なぞどこにいるの。私が、あなたをみつけ、あなたを選んだんですからね。――この言葉を思い出すごと、かつて富美子が私に教えた彼女の少女時代が直に見たように浮かんで来るのであった。

兄が苛めに遭ったり、また、ぼんやりしてその場にいたために、本当は兄ではなくもうすでに逃げてその場に居合わせない悪餓鬼たちが軽い障害のある少年を泣かせたのに、それを知らない少年の母に誤解されて、何の弁解も出来ず、突っ立ったままおどおどしている兄を見ていると、もう彼女の正義感は制御が出来ず、兄を苛めた連中や、誤解して平然と兄をののしっている大人に抗議せずにいられなかった。こういう勇み肌の話だけでなく、幼児をあやすのもたくみで、泣きやまない子や食事をしない幼い子をうまく扱ったりして、近所の若い母たちに喜ばれもしたと言っていた。

こうした妻の小さいときからの正義感や世話好きが、やがて先へいって、もっと手のかかる私との出会いの先駆けになっていたのかもしれなかった。彼女はよく私にこういっていた。あなたのお母さんはあなたの生みの親だけど、私はあなたの育ての親だと思っている。だから、どんな些細なことでもあなたへの協力はおしまないが、それだけではないのよ。あなたを看取るまで私は死ねない。片足のあなたを残してどうして先に死ねますか。

しかしその妻が私を残して先に逝ったのであった。私が妻を可哀相だと思っているのは、人間の生死ばかりは、自分の思ったようにいかないということを悔しさのなかで悟り、涙を流して死んでいったからであった。

妻の死後、私は自分がどうすごしたか覚えていない。二ヵ月くらい経って、初めて私は、これからずっと一人で生きねばならないと思った。しかしこの一人というのは、人間は一人だとか、人生は一人だとかという一人とは違う。そういう一人ではない。

私は妻を喪うまで、夫婦というのはずっと続くものだと思っていた。しかし妻を喪って初めて夫婦にも終りがあるということを知った。六月二十二日で私と妻との生活は終った。私も死ねばすべては終ったのに、私は残された。この残された私とは何か。二ヵ月かかってその残された私とは、人間は一人だということと異なる一人だということが判った。時間や思索によってやがて愛の対象を失った人間は一人だという究極の境地へ行って、真の人間の存在が判るのかもしれなかった。

私は主治医から言われて再びからだを労って週に一度通院した。薬を貰うときや混んで午後までかかるときは、病院の喫茶室でトーストと珈琲を貰った。隅でそれを食しながらいつも持って歩いているアントン・チエホフの短編集の『学生』を繰返し読んだ。妻が死ぬまで枕許に置いていたものだった。

読めば読むほどこの『学生』には惹かれると妻は言って、あなたにもこういう面白くて鋭いものを書いてほしいわとも言った。

妻がこの『学生』を知ったのは、「ロシア文学とロシア料理の会」で私がアントン・チエホフを話すことになり、そのとき選んだテキストが『学生』という短編で、久しぶりに私も出てみるわねと妻はいった。この会は二年も続いていたのでいつも反響があった。料理は一般的なボルシチ、ザクースカ、焼きピロシキに加え、メインディッシュは羊の肉であった。

そのとき、妻は健康だった。私の前立腺ガンもそんなに心配することはなかった。参加していたロシア人にも私のチエホフ論が好評だったので私は大変気をよくしていた。食事のあとで、一人の若いロシア女性が私とダンスしたいと言った。義足でダンスなぞ出来る筈がないので断わったが、ただ立っていればいいと彼女は言う。そこまで言ってくれるので拒否できないから、私は数分間、音楽に合わせて上体を左右に揺らす彼女といっしょに立っていた。終って妻のそばへ行くと、あなたはロシアの女性にも好かれるのね、ちょっぴりやけたけど、もてないより、もてる夫の方がいい、いつでもスマートでダンディでいてほしいわ。いつも出がけに妻は、ネクタイの先のうらに香水をつけてくれた。風にあうといい匂いがするからと言いながら……

膀胱ガンで入院したとき妻は、『学生』が読みたい、もうあのときあなたを踊りにさそったロシアの若い女性はモスクワへ帰ったそうねと、私自身その女性の顔をすっかり忘れているのに妻はしかと記憶していて、背丈はあなたくらいで、目の美しい人だったわねと数年前を思い出すように言った。

『学生』は短編の中でもかなり短いもので、学生とあるが神学生のことである。彼は寒い夜、焚火に手をかざしながら、焚火の周りでやはり同じように手やからだをあたためている数人の男や女たちの前で、「丁度、あのときもこんなふうに冷えた晩だったろうね」と、使徒ペテロの話をした。ペテロはイエスがもっとも頼りにしていた使徒だった。そのペテロが、ユダの告発でピラトに捕えられたイエスの、夜の庭でムチで打たれるところを見て、三度、自分はあの男を知らないと言った。その後でにわとりが鳴く。イエスはすでに弟子ペテロの裏切りを見抜いており、最後の晩餐でイエスの言った通りのことがまさに起こったのだった。神学生はしみじみとした口調で一九〇〇年も前の福音書の話をすると、焚火に当たっていた老女と娘が、裏切られたイエスにではなく、イエスを裏切って外に出て闇の中で嗚咽しているペテロに哀れを感じて烈しく泣き出したのであった。それを見て神学生は心を動かされ、ペテロに起こったようなことが、この老女と娘の身近にも起こったことがあったということを知るのだった。こうして人に言えない隠していた過去が、何かに遭遇してとつぜん思い出される。じつは名もない過去の集大成こそ世界の記録であり、記憶のリレーであり、こうして次から次へと流れ出す事件や出来事が連鎖となって現代があるのだった。

妻も病床で、ペテロに自分をかさねていたのだろうか。神も仏もいないと悔しがっていたから、妻は闇の中で嗚咽していたペテロの姿に、自分流の解釈で何か納得するものでもあったのだろうか。それとも、すすり泣くペテロの哀れな姿に、かつての夫の、何をしても不本意な生き方しか出来ない姿でもかさねていたのだろうか。

私は唐突に妻が、一雫の涙とともに息を引きとったT病院の四〇六号室へ行ってみたくなった。それは犯罪者が現場に立ち現われたくなる心境と同じだろうか。しかし、そこにはもう誰か他人が入っているだろうから、どうすればいいのか、とにかく私はエレヴェーターに乗って四階で降りて、四〇六号室へ向った。胸がどきどきした。カーテンを押して中へ入ると臥せっている妻がいるような気がしてならなかった。二、三度その病室の前を行きつ戻りつした。まったく説明しようのない気持だった。とつぜんカーテンから若い女性が出て来た。私に気づくと、「父の知り合いの方ですか」と言った。妻が、と出かかって言葉をのみ、以前私がこの病室に入っていたので、友人を見舞ったあと懐かしくなって前を通ってみただけなんですと、目礼して足早に去った。若い女も笑みを浮かべて目礼したように見えた。得手勝手な想像だが、娘さんらしき若い女は、一見健康そうな私を見て、父も元気になるとふと思ったかもしれない。それが笑みをたたえた目礼だったのではないか。

知っていた看護婦にも会わずに、病院を出ることが出来、私は近くの喫茶店へ行った。「あなたが来るのが、待ち遠しいわ」と言った妻の言葉を思い出しながら珈琲を飲んだ。いずれ夫婦はどちらかが欠けることは判っていた。しかしそれでいて死という残酷な別れがじっさいに来るまでは何も気づかず平気で何の不安もなく生きていた。突然、墓へ行ってみたくなった。喫茶店の出口で会計をすまし、脇の下におさまる片方だけの杖をたよりに車に乗り、台町の墓までやって貰った。墓の近くで紅いバラを一本求め、それを携えて、大正二年曾祖父が和歌山から取り寄せた私の背丈より高い石でつくった墓の花挿しにバラを挿し、手を合わせた。

健康なとき冗談にまぎらして、あなたより先に墓には入りたくない、あなたの後だったらこのお墓に入ってもいいと言っていた妻を裏切って四十九日の日、札幌から娘夫婦と二人の孫まで呼んで私は妻の骨をその墓に入れた。その日は、私の友人も妻の友人も来てくれた。

台町の常和臺で納骨のための経をあげていたときは小降りだった雨が、いざ納骨となって墓の前に並ぶとにわかに雨足は強くなり、皆傘を開いた。若い坊主だけは傘もささず骨を納めるための仕度をしていた。誰かがその坊主に傘を当てた。

「奥さん、ご主人より先にこのお墓に入りたくないのね」と妻の友人が言った。娘も、お母さんはやはりもう少しお父さんの傍に骨箱のまま置いて貰いたかったのかもしれないとつづけた。烈しい雨は妻の怒りだろうか、嘆きだろうか。私は骨の一部を娘に託し、札幌へ持って帰るように言った。娘は仏壇を買ったというから、その分骨はそのまま仏壇のそばに置けば、娘はいつでも母と一緒にいるようでいいと思ったからだった。平たい骨を一片、私は背広のポケットに隠した。家へ帰ったら、墓に入れる気になった私の気持の説明をしたあとで、その骨をゆっくり口のなかで嚙みしめ、妻の肉体の一部を自分の肉体の中に溶けこませようと思った。私が妻の骨を口に入れるところを娘が見ていて、お父さんいいことしたわと娘は言った。お父さんのからだの中にお母さんの骨が溶け込んで、お母さん、さっきは怒って雨を降らせたかも知れないけれど、今はお墓の中で喜んでいると思う。

納骨の日を除いて一人で墓へ来たのは二度目だった。二回とも真紅のバラを携えていた。少し肌寒いが、今日は夕日がすばらしい。冒頭を富美子の手紙で始めたが、運動会の総練習の後、音楽室で「乙女の祈り」を弾きながら夕日の下を走る連絡船を見たという個所があるが五十二年後の今、まったく同じ時刻、同じ角度でその港に向って、墓越しに私は佇んでいるのであった。

青函連絡船が廃止になって久しいから、かつて大学生であった私を度々乗せたその船の情景は今は見られない。手紙の中で、長い煙だけのこり船は忽ち走りさって見えなくなったとあるが、赤燈台をかわし港を出ると墓の背後の、緑豊かな函館山の陰に消えるからであった。

墓地は山に包まれて静まりかえっている。目の前が夕日の港で、紺色の水面に夕日の朱色が鮮やかに流れ込んでいる。同じ光景を墓の中の富美子も見ながら、そのむかし、私を乗せた連絡船が忽ち山に隠れて見えなくなった様を思い出しているかもしれなかった。

妻は、片足のあなたを置いて先に逝けないと悔しがったが、本当の気持はこうかもしれない。あの人は人生に何を求めていたのか、七歳から片足で生きて来たあの人の人生は何だったのか。そういう私の誕生を富美子は自分の人生と合わせて考えるつもりだったのかも知れない。夫婦の年代記のようなものを途中まで書いて残していた。しかし先に死んだから永遠に妻は私のことを思い出として考えることも、その記録を綴ることも出来ず、哀絶の中で死んでいったかもしれなかった。

バラの花を中に入れて墓地の入り口から持って来た、小さなバケツから水を杓で墓にかけると、その研《みが》いてない天然のままの墓石は緑色に光った。祖父はよく、水は墓を生きかえらせるといったが、ここにいる私の思いが富美子に通じたかもしれなかった。私は墓を見つめて、また来るからねと言った。そしてお経の代りに、ポケットから妻を偲んで作った詩集を取り出して、一番気に入っている詩を読んだ。

＊

再生

また夫婦で生まれて来たい
今度はぼくは
両足があって
歩くことの好きなお前と
山を歩きたい
旅にも出たい
あり得たのに
遂に
起こらなかった過去の
足のある希望を
取りもどして
お前と再び生まれ変りたい

『一雫の涙』より

一周忌

三途の川

もう一度会えないものかと亡き妻への思いは募る一方だった。これからもこの思慕はつづくのだろう。何かの調子で、ふと、そうした心の深淵に落ちるが、ある日、そうだもう一度会えると思った。私が死んで三途の川を渡るとき、その渡し場に迎えに出るのは必ず妻である。今は亡妻はどこにいるか分からぬが、三途の川で会えると分かると、気持がなぐさめられた。

それにしてもいったい誰が、こんな素晴らしい幻想物語を考えついたのだろう。

もう一つ私の心を癒してくれたのが、ドイツの作家シュトルムの『みづうみ』である。物語の冒頭老人が小さな肖像画に目をやり、「エリーザベト」とささやく。たちまち一転して小説は彼の少年の日にかえる。エリーザベトとは幼馴染みの少年の恋人だった。大人になったら二人は結婚するつもりでいた。しかし少年ラインハルトが大学へ行っている間、エリーザベトは彼の友人の資産家と結婚した。

シュトルムのこの短編は彼の事実と異なる。シュトルムには歳のはなれた恋人ドロティア・イエンゼンという幼馴染みがいた。シュトルム二十九歳のときドロティアは十六歳で余りにも若すぎて結婚できず、彼はいとこのコンスタンツェと結婚した。

しかし結婚するといかに自分がドロティアを愛していたか分かった。人生の伴侶とすべき本当の恋人を彼は喪った。この喪失の悲しみは三年も続いた。その苦しみを癒すために書いたのが『みづうみ』である。小説とはいえ、再びエリーザベトに会うまいと去って行くラインハルトの姿は胸をうつ。

かつて妻は私に、私を捨てて『みづうみ』のような小説を書かないでねと言ったことがある。もちろん冗談だが、その冗談も今は切なく思い出される。

夫婦とは何か。いろんな出来事があったが、永い時間かけて、一つの愛を完成させる関係であることを私は妻を喪って初めて知ったのであった。

非実在と記憶

八十歳の本多繁邦は、六十年前の親友、二十歳で死んだ松枝《まつがえ》清顕の恋人であった綾倉聡子を訪ねる。今では聡子は俗世をはなれてある寺の門跡になっている。本多はあらかじめ訪問の手紙を出していた。清顕と聡子は幼馴染みで愛し合ってもいたが、聡子が天皇家に嫁ぐとなってからは清顕の情念に火が付き、禁を破って聡子と恋に陥り、それが原因で清顕は急死。聡子は仏門にくだり出家した。

六十年経って会いに行くと、門跡になった聡子は、清顕を知らないという。そんな莫迦なことがあるかと本多は詰めよるが、門跡は「心」とはそういうものだという。本多はむかしを知っているから門跡の言葉が納得出来ない。門跡は、面白いお話どすが、私は俗世で受けた恩愛は何一つ忘れませぬが、松枝清顕さんという方の名前は聞いたことがないという。これは本多だけでなく、三島文学の最高傑作『春の雪』を読んだ読者をも驚かす。清顕の存在の否定は門跡の青春の否定のみならず、『春の雪』のドラマの否定でもある。

しかし、今私は去年の六月突然妻を喪ってからは、この門跡の自己否定が理解できるのであった。「心」とはそういうものだ。在ったと思えばあったが、無かったと思えばない。それが「心」だという。

私は妻と結婚して四十九年たち、その年の十一月二十三日で結婚五十周年だねと、言ったその妻が数ヵ月まえに死んだのだから実在していたのである。それがある日突然私は妻と四十九年一緒に暮したというのが信じられなくなり、あれは夢まぼろしではないかと思い、もともと妻も私も実在していなかったのではないかと思っているのだ。実在していたと思ったのは「心」の迷いではないか。

しかし、妻が私と共に生きていた証拠品ともいうべき物やアルバムがある。これら残された記憶は四十九年妻と過ごしたことを教えている。それでいて妻の姿もなく、声も聞こえない空間では、すべては非実在、まぼろしと化すのである。

一周忌

二日繰上げて六月二十日の日曜日、札幌の娘夫婦と二人の孫の四人に親しい友人知人数名が加わって、妻の一周忌をおこなった。時の経つ早さに驚くが、夜一人になると、妻の写真をしみじみと見つめ、あれからもう一年経つが淋しさは深くなるばかりだと、何か喋りそうな気配の妻の顔写真に問いかける。勿論返事はない。これからもこうした夜はつづくだろう。一周忌も仏事にしたがったわけではなく、いつも私がいく和食の店で、妻が好きだったビールと、旬のものを中心に会席料理を作って貰っただけだ。妻にも同じものを貰い、私と向いあって妻の写真を身代りに据え、その前にビールを置いた。

食事の前に何かひとこと言わねばならない。日頃、私が考えていたことを、かんたんに話した。夫婦がいつまでも一緒だという錯覚はどこから来るのだろう、一人取り残された片割れの孤独のすごし方は考えの及ばない領域だった。ただ悲しく、嘆くしかないという経験談をして食事に入った。

付き出しも、次々運ばれて来る煮物・焼きものも旨かった。美味は喜びと悲しみを思い出させると思った。妻を偲んでの会食を別室でしているが、この九階の松前に私は妻と、季節料理の変る度に、食べに来たものだった。

いつも港が見える窓側の席を予約した。食前酒が付いているが、それさえも私は飲めず代りに妻に飲んで貰った。しかし妻が好きなのはほどよく冷えたビールで、最初のビールののどごしの旨さは例えるものはないといい、本当に、うれしくて幸福な顔をした。あなたにこの味が判らないのは何て不幸なことでしょうというのが妻の決まり文句でもあった。どの料理の味も、ビールの旨さが助けているらしく、やっぱり、あなたにもこのビールの味を知ってほしいわと、むりやり、私にビールを差し出し、飲んでごらんという。

しかし私は一口飲んだだけで、すべての食べ物がまずくなるのであった。そういうとき妻は、あなたと私とあわないのはお酒だけね、これであなたもお酒が飲めたら、二人はもっと幸せだわ。

男の私が下戸なので、妻は家で音楽を聴きながら時折ブランディを飲むのも気がねすることもあった。それを察して私は妻にブランディをすすめ、原稿書きに疲れた深夜、口に入れるためとってあったチョコレートを渡す。私はそのチョコレートの一かけらと珈琲にほんの僅かブランディをたらし、二人で夜の一時を楽しんだものだ。しかし、そういう夜はもう永遠に来ないのである。一人取り残されるということは、そういうことを恐ろしいほど感じて過ごすことであった。

妻の一周忌の霊は、数人の親しい人を集めて、私に淋しさを忘れさせ、いやしてくれたが、その夜、友人知人、娘夫婦、孫たちも去り、妻と住んでいたマンションの一室に、一人になると、逆に淋しさは何倍にもなって募っていった。

私と妻と向いあって使っていた食卓には、娘が持ってきた真紅のバラと妻の写真がある。写真の前にブランディを置き、私は苦い珈琲を飲んだ。ラフマニノフのピアノ曲をかけた。希望は過去にしかないと、バルザックは言ったが、これは今の私にぴったりの言葉で、悲しくて快いラフマニノフのピアノ曲から次々と忘れていた思い出が甦って来るのであった。

写真

明治の最初の頃までは今と違って、死んだ女房の写真があるわけはない。そういう時代は、妻がもっとも大事にしていたものとか愛していたものとかを持ち歩き、事ある度に出して見ては話しかけ、残された辛さ淋しさを慰めていたのではないか。物みな物申すとはこのことだろう。

私は朝夕妻の写真に話し掛ける。おはよう、おやすみが普通だが、写真を見つめて、もう少しお前と一緒に生活したかったが死ぬのが早すぎたな、と言うことがある。すると変なもので、ときによっては、そうねという表情を見せる。あるときにはびっくりするくらい悲しい顔をする。とたんに私はうろたえるが、それはいつも生きのこっている自分に、妻を先立たせた罪科のようなものがあるからだろうか。

それでいて、その罪科とは何かと突き詰めていくと、これこれしかじかというものが出て来るわけではない。

写真はみな一様ではない。ここ数年に限っても、場所も、服装も違うから、顔もそれぞれそのときの事情が反映されている。それだけでも写真は、妻が愛した小物や私が贈ったハンカチーフやストールよりもドラマチックで、眺めていても飽きないし、また、妙に切なくもさせられる。

妻は表情豊かで、どの写真も明るい。微笑んでもいる。とくにビールを手にしている顔は、心の底から、そのひとときを満喫している。そういう写真をいつまでも眺めていると、「あなたにも、この一杯のビールの味を教えたい」と言っている声までまた聞こえてくるのであった。

妻の写真は、私が撮ったのは少ない。私はスケッチはするが写真はほとんど撮らない。それでも旅行をしたときは、互いに撮り合ったから、写真の数は少なくはない。

前立腺ガンが尿道を塞ぎ尿が出なくなり、レーザーメスで焼いて、ようやく尿が出るようになって退院した数日後、書斎に入って来て、仕事をしている私を撮ったあと、「私も撮って下さい」と言うので写した写真をアルバムをめくっているうちに見つけた。またいつ尿が出なくなりはしないかと心配している私の取り越し苦労や、おどおどしたりくよくよする神経質な表情までが妻の顔に反映している。いつもの妻の大らかな明るい顔だちが暗いものになっている。

その頃、妻は真夜中ときどき私を心配して、寝ている私の様子をうかがいに来ていた。ふと目があくと暗闇になれた私の目に突っ立っている妻の姿が映り、何度もおどろかされた。「きのうもお前はぼくの寝息をうかがっていたね」というと、いびきも寝息も聞こえないので、心配で、生きてるかどうか見に来てるのよ、寝室が別々だから、あなたがガンになってから、まえ以上に寝息が気になるのよ、と言った。

しかし、人間の生死というのは、その背後にどんな理由と仕掛けがあるのか誰にも判らない。あれほど私のことを殆ど毎日心配していた妻が、膀胱に影がある、早いうちに取りのぞいた方がいいと言われ手術をしたが、その影の陰に悪質なガンがあり、術後回復することなく四ヵ月で死んだ。この世の中に嫉妬深い死神がいると思ったが、私の主治医に言わせると、看病されていた夫ではなく、健康そのものに見えていた看病していた奥さんの方が突然ある日亡くなるという非情なことが度々起こる、人間の生死も寿命も医者にも計り知れない――

　妻を喪った私にとって、これからの夜は、これまでの夜とまったく異なる。今まで私は比較的安易なかたちで夜の世界へ這入っていった。これからはそういうふうに闇に降りても、その闇は何も迎えてくれない。古代人が聖なる夜の目覚めといっていた闇だけがそこにある。

　妻を喪って一年も経つのに夢の中に一度も妻は出て来たことがない。その妻がこの間出て来た。「私はここよ」と言った。初めて見る入り組んだ深い闇の世界の奥に妻がいた。私に逢いたければここへ来なければならないという顔だった。かつて妻は、何度も出版社から戻って来る私の原稿を見て、恨み辛みは小説にならないといったことがある。幼児が初めて自己認識し、そのときの私の発見、私言葉の発見の喜びに遡って、あなたは目覚めなければ人の心を動かす「あなた自身の個性的な姿は描けない」と言った。夢の中で同じことを妻はまた言った。「精神がみつけられるものは自分の内部にしかない。あなたはよく、お前はぼくの頭にしかいない、と言ってたけれど、その通りよ。だから写真を見て私を感じるんだわ。精神自体が闇の国なのよ」

もう夜は私にとって不毛ではない。夢の階段を何段も降りて、私は私の精神の闇を歩き、喪った妻の姿を探す。必ず妻は姿を見せる。そこでは生や死について深く語ることが出来た。

かつて、プルーストを震撼させたプチットマドレーヌのように、私もまた、深夜の夢の中で白い原稿用紙に向って思い出を綴っていくうちに、「百の夜が」、「千の夜が」、甦り、忘れていた私と妻との人生の物語が、コップの水に入れた水中花のように鮮やかに目に見えて存在してくるのであった。

久しぶりに娘が訪ねて来た。喪くなった妻に似て来た。まるで若い頃の妻がそこにいるようで、お母さんにそっくりだよというと娘は、でも、私はお母さんのように美しくないわと言った。

娘は子供の頃はとても可愛かった。外出したとき振り向かないひとはいなかった。小学生までは天使のようだった。しかし知恵がつくと、にわかに利発でたくましい顔に変った。

今は大学生と中学生、いずれも男の子二人の母で、体格といい、たくましさといい、晩年の妻の大らかで潤いある優しい顔から遠のいているが、顔全体の雰囲気はやはり誰が見ても妻そっくりであった。

妻も教員をしていたときは目にきつい光があった。しかし退職してからは、いつも人の心に耳をかたむける表情になった。また全身からこわばった緊張感もなくなり、ゆったりとして仏像のように撫で肩に変っていた。娘がお母さんのように自分は美しくないと言ったのは、ゆったりとした人を包む優しさを、自分も身につけたいと思っているからだろう。

娘の好きなにぎり寿司を食べさせて別れると淋しい気持になり、壁の妻の写真に目がいった。「お前と三人でにぎりを食べたら、もっと楽しかったろうね」と言うと、昔じゅうぶんに三人ですごしたから贅沢は言えないと微笑んだように見えた。

「また、深夜、夢の階段を下りて会いに行く」というと、何か困ったことがあったら私を呼ぶのよ、すぐ駆けつけるから……と妻の声が聞こえたようでもあった。

娘

昭和三十三年の暮れも押し迫った二十六日、ようやく娘が生まれた。妻は三十二歳。高齢出産でしかも初産であった。アメリカ帰りの産婦人科医が、クリスマス・イヴの二十四日に生まれるように調整してくれたがなにしろ陣痛微弱で、二日間妻はゴムを敷いたベッドの上に寝かされたまま苦しみに苦しみ、こんなにつらいなら子供は諦めると叫び、医者や看護婦にどなられたそうだ。しかし、生命の誕生は神の領域なのに、それを冒して予定日を決めようとしたアメリカ帰りの医者に非があったのではないか。

最後は鉗子の力をかりた。鉗子が目に入らなくて幸いだったと今でも思う。長い頭の赤ン坊が、妻の傍に眠っていた。

女児出産という知らせを私は図書館の二日遅れのクリスマス・パーティーの会場で聞き、急いでタクシーでかけつけた。妻は目に涙をためて、苦しかったけど、こんなに嬉しいこともなかったと言った。頭は長いけれど、撫でるといずれ丸い格好になるって……とも。

妻の枕元の壁には、すでに娘の名が妻の筆字で「木下絵里子」と書かれてあった。じつは妊娠した段階で妻は、男なら「木下史朗」、女なら「木下絵里子」と決めていたのであった。男の史も女の絵も私の目指していた仕事と関係があり、妻もいずれの一字にも賛成し、二人で、史朗、絵里子を考えた。生まれた段階で、男の史朗の名の方は折って伏せ、「木下絵里子」の方を鋲でとめて貰っていた。

あらためて妻の筆字を眺めて、これは字も優しいが、きっと可愛い女の子になるだろうと思った。布袋さんのように額から上が長いが、おさまるというから、妻に似た丸顔の目の綺麗な女の子になるだろう。

その日私は晩くまで病室にいて家へ帰ったが、私は七歳のときから片足義足で五体満足なからだではなかった。しかし娘は両手もあり、指は十本、両足もあり、足の指も十本、道々有りがたいと思ったものだった。

だが、これからの生活を考えると大変だった。すべて生活の収入は妻にあった。音楽教師の妻は朝八時から夜五時まで学校ですごさねばならなかった。週に二度図書館で文学の講師をしていた私に収入は殆どなかった。

二人は東京で住む約束をしていたが、妻の就職先の中学校は決まったのに、私はどこを受けても不採用、函館に戻るしかなかった。昭和二十八、九年の頃、障害者への差別は続いていた。職に関しては殆ど今も変りはないが。

大きなお腹をかかえて、妻は朝の満員電車で造船会社の函館ドックがある終点の弁天まで通った。今と異なり市電しかなく、ドックへ勤める人たちは皆弁当持参で、その中の漬け物の匂いにつわりが起こり、妻は何度も下車し、道端で嘔吐したということだった。産前産後も三週間しかない時代であった。

勤めていた船見中学校で妻は、池田富美子から木下富美子に変っていた。学校までの坂道、雪が降ったり薄氷が張った日、気をつけて歩いていると、生徒がよって来て、先生転んだら大変といって、肩や手をかしてくれた。その親切もあって、無事に出産できたともいった。

顔が変らず、ずっと妻はおだやかな表情だったから誰もが女の子と言っていたが、このお腹の中の女の子は妻をさんざんつわりで悩まし、出産後も妻が永いこと口に出来なかったのは、好物だったのに中華飯と生カキだった。中華飯の方は一年も経つと元にもどったが、生カキはかなりの年数、口に出来なかった。

娘の誕生はわれわれ夫婦に本当の意味で、かけがえのない幸せを与えてくれた。「あなたが母さんを裏切ってお嫁にいった日はあなたの命日と思いますからね」と、頑なに心をとざしていた妻の母が、孫が出来ると、がらりと変った。産院から退院してまもなく、妻は母親のところへ娘を見せにいくと、予期しない喜びの笑顔で孫を抱いたという。そのときの母親の姿がうれしくて神々しく映ったと、妻は何度も話してくれた。それからは日曜日ごと訪ねて来たが、これには妻の姉夫妻の説得もあったようだ。私にも話しかけてくれ、健康も気遣ってくれた。娘の初めての誕生日、孫の傍に並んで写っている妻の母は、妻にそっくりで、おだやかな、人を包み込むような笑顔で写っており、これは特別な写真だわと妻は額に入れて、いつでも目に出来る机の上に飾っていた。

しばしば妻はその写真に見惚れていたが、心からうれしさがこみ上げてくると絵里子を抱いて、あなたは私を救ってくれたと、何度も頬ずりをしていた。

妻の母は、私が鬱性の神経症で入院していた頃亡くなったが、文化賞か文学賞を取った席に招くことが出来たら、妻は勿論のこと、無事に私たちの結婚がいくように奔走してくれた姉夫妻にも顔が立ったろうと思った。

トイレ考

二人が結婚する上で互いに最良の方法だと納得して私は上京を決めたが、片足義足の私を東京の大学へ送り出すとき、青函連絡船の送迎デッキの上で突然富美子は、くるりと背を向けて嗚咽した。いくら学生生活とはいえ、まだ復興なかばの戦後の東京での生活は並のものではなく、その苦労を自分も押しつけたという意味があの嗚咽にこめられていた。前に書いた『天使の微笑み』ではあっさり片付けたが、いよいよ上京が現実のものになったとき、私は富美子に東京へ行くことでの不安の原因を余りにもあらわに話しすぎたのであった。

私の天敵はトイレであった。子供の頃からトイレで苦労した。家に居るときはいいとして、小学校生活では、小便はよしとしても大便となると、とてもあの汚れた小学校のトイレで用は足せない。それで私は担任に断わりもなしに急いで家へ帰り、母にトイレを綺麗にして貰った。

母は心得ているから両手を床についてもいいように綺麗にしてくれた。私は義足を脱いで用を足し、今頃は担任が私の不在に気づいて方々捜しているのではないかと思った。息子が無断で学校を抜け出して来たことを知っている母は、息子が用をすませると急いで学校へ行った。もうその日私は学校へ戻る気がしなくて、そのまま家にいた。

昭和十年前後の頃、坐ってトイレの出来る洋式だったら義足を脱がなくても、ズボンを下げただけで用が足せるから、無断で学校を抜け出さなくてもよかった。

私が東京へ行くと決まったのは昭和二十六年だから、東京には、捜せば坐ったまま用の足せるトイレがあるだろうと信じていた。富美子は、なかったらどうするの、と言った。そのときはそのときで何か考えるというと、あなたにはそういう余計な悩みもあるなんて知らなかったと、そのときはそれで終ったが、甲板の上の私の姿を見て、その問題を並でない大変な苦慮として東京にいる間かかえ続け、どこへ行くにも、あらかじめあの人はトイレの位置を確認しなければならないのだろうと思ったようだった。最初の手紙で、長い距離と共に、あなたのもう一つの苦労はトイレなのね、そういうことを考えると、心配で夜も眠られないと書いてよこした。

私が洋式の、つまり坐って用が足せるトイレを一番最初に知ったのは、アメリカ軍が函館に駐留して間もなくの頃だった。日魯漁業の建物がアメリカ軍の食堂施設として使われていたとき、日本式の蹲踞して使用していたトイレが全部坐る洋式に変り、友人の案内で、初めて義足の私に優しいその洋式トイレを使わせて貰ったのだった。しかし駐留軍が引き揚げるとその洋式は元のしゃがんで用を足す和式に取り換えられ、私をがっかりさせた。

その頃はまだ富美子の存在を知らなかったから、私がよく訪ねていっていた函館の護国神社の、しかも左翼思想のよき理解者でもあった宮司に話すと、お前は毛唐の便器がそんなにも有りがたいのか、あんな下品なものはない、あれは自分のものが水の上に、ぷかぷか浮いている、そこへいくと日本の、とくに上流階級のトイレは最高の芸術品だといった。臭いは勿論、自分がしたものの音もしないように便器の中に鳥の羽を交互において、音もなく秘やかに闇の中に落ちて行くようになっている。うちの神社の便所もそれに近い。

さらに彼は、廓に「不浄心得」という手引き書があり、その中にもトイレの話が出てくるが、客に不快な思いをさせないように、不浄のことはみな符丁になっているといった。

たしかに日本文化はトイレだけでなく行儀一つ取っても驚くほどで、おじぎの角度によっていろんな意味を持っていることに感心するが、便器の機能がいくら行儀よく深い思考があっても、合理性、優しさということではかなり劣っている。とくにいつも私が腹を立てていたのは汽車のトイレだ。片足義足の身には助手でもいなければとても使用出来ない。しかしその苦労も今は解消され、旅にも安心して出掛けられる。純日本式のしゃがんでするトイレは少なくなった。

東京にはデパートとかホテルとか高級な喫茶店に洋式の坐って用が出来るトイレがふえたと富美子に知らせると、よかったわね、でも函館にはまだありません、デパートでも和式です。でも函館は自宅があるから安心ね……といってきた。

函館に洋式のトイレが出来たのはいつ頃だったろうか。小学校のときから便をがまんしたため、私は痔になった。結婚して娘が生まれた頃、ひどい出血で、I病院に入院し、十日間も妻が付いてくれた。

案山子

ときによって、妻への思慕が強くなると、自然に私は、架空の会話を始めているのであった。幼児返りのようなものか。

「しばらく会ってないけれど、元気なんだろうね……」

「私は魂だけだから、痛いところも、疲れもない。あなたのことだけが心配……」

「時が経っても淋しさが、うすれるどころか、濃くなったり、強くなったりする。真夜中に目が覚めて、一本足から来る腰の負担が増えていて、お前がいればと思うことがよくある……」

「あまり無理せずに、納得いくお仕事が片付いたら、さっさと私の処へ来ればいいわ」

こんな架空な言葉をかわしているだけで、気持のなごむこともある。

生前、妻とこういう言葉をかわしたことはない。妻を喪って、私の心の中に、今はこんな会話が生じてきているのであった。

「もう少し、お前と夫婦でいたかったのに。だれがぼくからお前をもぎ取ったのだろう」

「神さまよ」

「神さま……」

「決まってるでしょう。私は神さまは信用してないわ。嫉妬深くて、残酷で……、まえに言ったと思うけど、あなたは、神が不自由なぼくを見てお前をくれたのかもしれないって言ったでしょう。とんでもないわ。私があなたをみつけたんだからね」

「施設まで行ってたくさんの障害者を見たとき、責任をとる神がいなければ、彼らが可哀相だと思っていた」

「地上では神さまは躓くことしか出来ない、戦争がおこるのだってそうなのよ」

「ものすごい神の計算違いということか」

「私の命を、あなたより先に奪うのが、どう考えてもおかしいでしょう。どこに神の愛や慈悲があるの……」

「いつまでもお前と、二人で仲よくさせておきたくなかったんだろうな」

「この間、あなたは文章教室の課題に『案山子』というのを出したわね、二時間で八百字、その場で書く勉強……」

「どうして知ってるんだ」

「私はあの教室にいたのよ。あなたの、一つ空いていた隣りに。そして、あなたの説明を聞いていた。でも、あなたが案山子にどんな思いを少年の頃からこめていたか、どうして正直に言わなかったの」

「言えば受講生の自由な発想を奪うことになると思ったからだよ」

「まだ、結婚しないときだった。おつきあいして間もなく、あなたは案山子は平和と平等の使者だと言ったでしょう、だから片足なんだって。それからあなたは、凝っと私を見つめて、ぼくも、片足だから、平和と平等の使者なんだよ、ぼくはたった一人でも憲法第九条を守っていきたい。ぼくを初めて人間にしたからだ……。私はそういうあなたに惹かれたの、そしてこの人の死に水は私が取るんだと思った。でも、神さまはそれを許さず、逆にあなたが私の死に水を取った。健康な私の命を奪って、病弱で、片足しかないあなたを残したのは何でなの。悪魔にたいしての虚栄心から、神さまは、自分がヨブに何をしたか忘れてるのよ、無辜の人間を知らず知らずのうちに不幸にしているのよ。私は神さまを弾劾したい、それには神さまを反省させる絶妙な物語を作るしかないのよ……」

私はこの架空の会話のなかで、魂だけになった妻に、こうは考えられないだろうかと、妻を喪ったあとでの、悲しみの頂点で私が紡ぎ出したことを話した。

今の私が謎に思っているのはこの「一人」という概念なんだよ。いや、これはまだ概念になっていない。しかし今私が味わっている「一人」とは、「せきをしてもひとり」の尾崎放哉の一人とは違う。だから括弧つきの「一人」なんだよ。放哉の一人は、自ら進んで求めたものだが、私が言う「一人」とは、残忍な一人の姿のことだ。永年夫婦で生きてきて老後を楽しもうとしていたとき、とつぜん、伴侶を病か事故で喪って一人にさせられた「一人」である。永いこと二人で生きて来て、一心同体の複合体の一人が、とつぜん、一人にさせられた「二人」である。あるいは「半分」といってもいい。

「深淵にわれひとり」これは私の言葉だが、ここにはパスカルの『パンセ』の中の言葉が隠されている。「この無限の空間の永遠の沈黙がわたしをおののかせる」そういうときでも、妻が珈琲を持ってきて、二人で飲もうというと、沈黙もおののきも消えてしまう。

しかも神は妻が言うように、私に最後の最後まで、目のまえに健康で向日葵的な妻の存在をちらつかせながら、私から「愛」と「助け」の妻を不意に奪い、深淵のみならず、片足の不自由な老いた私を徹底して苛め抜こうとした。なにゆえにか。

「お前が本物の作家なら、苛酷な不自由のなかで、死者としての妻を発見させたいからだ」

果たして、そうなのだろうか。死者としての妻の姿は、これまで過ごして来た思い出のなかにしかない。――妻の死後、私は、その、思い出のなかに旅立ったのだった。

そのとき忽然と甦った、右足を切断するまえの旅の、京都の東本願寺からの帰り、金沢の田舎の金石に寄ったとき見た畠の中の一本足の案山子。あれはまもなくの私の姿であった。そして老いた今、私は再びその一本足の案山子となって西の空を見つめてお前を探している。それが私にとっての而今《じこん》なのである。

妻と娘と孫と

妻がよく言っていたのは、グリーン車の一人掛けに坐ったときから私は、まったくすべてから解放されるの。自由で、誰の目を気にすることなく好きなビールを飲んで、そして窓から季節の風景を楽しむ……こんな幸せなときはないと思うのよ。何ものにもかえがたい私の三時間の自由な時間が経って札幌に着くと、ホームに娘が迎えに来ている。目が合ったときの娘が、とても美しく可愛く見えるのはこれから数時間、娘とすごせるからでしょうね。

その妻の楽しみの対象だった娘が先日の電話で、「お父さん元気?」と前置きしてから、『明日、えり子のところへいくよ、十一時頃着く北斗だからね』というお母さんのはずんだ電話の声がもう聞けなくなって淋しい、私の歳で母親がいない人は、そんなにいない、まだ友だちの多くはお母さんがいるんだよと言った。娘は四十代半ばである。

教員だった妻は、現役でなくなると、教育の在り方、その本質が、いっそうよく判ってくるものなのねと言って私に、孫に書を教えたときのことを話したことがある。

妻は音楽の免許の他に国語の一級の免許を持っており、私は音楽もさることながら、書が一番妻の特技ではないかと思っていた。

初め孫たちは妻のきびしさに書を習うことに恐れをなしていたが、興味を持ちだすと月に一度訪れる妻を待つようになった。妻の口癖は、毛筆の持ち方を知らないから、自分たちの子供の頃と違って筆字が下手なのよ、だった。妻に言わせると二人の孫が上手に毛筆が持てないのは、日ごろの生活にあるという。つまり孫たちは正しく箸が使えない。食べる物がパンだったりカレーとか肉だったりなのでスプーンやナイフ、フォークを使っても、箸を使う回数がぐんと少なくなっている。箸が上手に満足に使えていないから、むかしの子供のように毛筆が持てない。箸が使えると毛筆も自在に使えるというのだ。

だから妻は和食のときの箸の持ち方から教え始めた。基本をしかと身につけさせて、箸が正しく持てるようになったら、毛筆もかるく握られるようになって字が生き生きとしてきたという。

私と妻は書や画の展覧会をよく見にいった。古典的書は別にして、絵画に近い創作的な書のところへ来ると決まって、基本がきちんと出来てない創作の書は見ていて味がないものねと妻はいった。それはどこか不安定で、無駄な線があるかららしい。

「画はどうなの?」と絵画について質問されたこともあったが、画もデッサンやクロッキーの技能のない作家は、書と同じで、やはり魅力に乏しい。私の小学生のときの担任は画でも名のある先生だった。お前は見どころがあるといわれ放課後残されて、何枚もクロッキーを描かせられた。今でも私はその先生の言葉をまもって筆一本とスケッチブックを持って写生に出掛ける。筆一本で樹木も建物も空も花も人物も何でも表現しようと思えば出来るからだ。基本さえ身についていれば、独自な絵画の世界に踏み込めるのである。しかし今は、美術とか学問とかだけでなく、人間の生き方から、人間が永い時間かけて考えて来た基本の力・基本の姿が簡略化され、無視すらされている。そのため子供から大人まで、独自の世界を創り上げる楽しみを失っているようである。創作と称しているが出来上るものは似たり寄ったりで薄っぺらい。

便利な世の中で生活しているうちに、人間らしい人間を創る、何か大事なものを失っているのではないか。妻に死なれて思い出したことがある。子供の頃の記憶で、米を研ぐときの掌に伝わる手ざわりである。米は洗うのではなく掌をつかって研ぐものなのだ。そういうふうに祖母から教えられた。そのときの感触がもどって来た。その研いだ米を何回も洗い、透明になっていく水を眺める。忘れていた子供の頃のすがすがしい気分が甦って来た。米を研ぐのは職人の仕事ではない。各家庭の仕事だ。しかし今はその米を研ぐこともはぶき、出来たご飯を買って食べる。これはパンの思想だ。買ってご飯を食べるのもいいが、米つぶの形や色を見るという伝統とコメを研ぐ基本をはぶいたことで、日本人は日本人の基本を失いつつあることは間違いないだろう。

たまたま、極東大学教授でイギリス人のブレイク愛好家と一緒に、ブレイクについて公開トーキングしたことがあった。五十人近くの男女が話を聴きに来てくれ、私の妻もいた。後半は食事をしながらの懇親会だった。妻の隣りに建築設計家の奥さんがいて、この女性は妻よりかなり若い人だが、気が合ったようだ。家へ帰ってから妻は言った。隣りの方と娘の話になったの、私は孫も可愛いが、娘はもっと可愛いと言ったら、隣りの若い奥さんが、初めて同じ考えの人と会った、私も孫より娘が可愛い。でも、お友だちは孫が可愛いという。はっきりと、娘が可愛いと言った人は奥さんが初めて。同じ考え同士が隣りあうことができて今日はとてもいい日です、と話がはずんだというのである。妻は祖母という曖昧な位置を嫌った。娘・孫の直接のたての関係を重んじた。妻は婿といっしょに酒を飲むことを楽しみにしていた。私が下戸だから、ふだん妻の相手をしてやれないというばかりでなく、酒が入るとシャイな二人の会話は広がる。妻はたまにしか会えない婿とすこしでも強く触れ合いたかったのだろう。

ときどき娘が言う。ベルが鳴ると、お母さんからだ……と思って受話器を取る、でもお母さんは死んだのだから電話が来る筈がない。それでもお母さんからと思うのは、まだ、お母さんが死んだと思えないのね。十二月になると、えり子おめでとうという結婚祝いの手紙と、その手紙に、雅司（娘の夫）さんとお食事をしなさいとお金が入っていて祐平や康介（娘の子供たち）にも丁寧な文字で、お父さんとお母さんを大事にするんですよと手紙とお年玉が送られてくる。正月はそれぞれお母さんに感謝の言葉を書いて送ったのだが、もうそういう楽しい日はないのねお父さん――

辛い電話だった。切ない電話だった。一瞬、私は空白に滲みる悲しみを味わうのであった。

死者の発見

いずれ夫婦はどちらかが欠けるということは判っていたことだ。しかし、じっさい取り残されてみないと、それがどういうことか判らない。キルケゴールは、人間は単独者だといったが、伴侶を喪って一人になることは、その単独者のような、不安の問題とは質も意味も異なる。

妻を喪って一年以上経つが未だに私は妻の死を納得していない。つまり死というものが判っていないのだ。

親鸞の流れを受け継いだ蓮如に「お文《ふみ》」がある。その中の通夜によく読まれる一文に、幼児の死が出て来る。人間の死は誰が先、誰が後とは言えない。幼い児が先に死ぬこともある。蓮如の個人体験だと思うこの文には、幼児が死んで嘆き悲しんでもせんないことだ、阿弥陀如来にひたすら念仏を唱えるしかない、と書かれている。

しかし、永いこと夫婦として生きて来て、妻を喪った悲しみは、ひたすら念仏を唱えても癒されない。念仏ですまされないのだ。

江藤淳の『妻と私』で心にのこるのは、「私は、自分が特に宗教的な人間だと思ったことがない。だが、もし死が万人に意識の終焉をもたらすものだとすれば、その瞬間まで家内を孤独にしたくない」というところである。しかし、彼は間もなく妻の後追い心中をした。やはり女房に取り残されると彼もまた、死とは何か判らなくなったのだろう。自分の体内に果実のように生長し熟してゆく生そのものである死を想定し、熟視しようとしたリルケの死は「私の死」であっても、伴侶を喪った江藤や私の深淵からはほど遠い。

取り残されたひとりは、単独者と異なる。また、完結されるべき「私の死」とも異なる。放哉の「せきをしてもひとり」のひとりとも、山頭火の「鴉啼いてわたしもひとり」のひとりとも異なる。永いこと一心同体で暮して来た夫婦は複合体のひとりである。どちらかが死ぬとそのひとりが「一人」になる。この括弧つきの「一人」は絶えず喪った「一人」

を探している「一人」なのである。死んだことが判っていても死が納得できないとはそういうことで、今も私は幼児が母を探すように妻を探している。何処にいるか判らないが、そんなに遠く離れたところではないだろう。多分妻は間近にいるに違いない。江藤淳は妻が何処にいるか判ったから後追い心中が出来たのか。それとも死ねば必ず妻の居所がつきとめられると知ってのことか。

机の上の妻の写真を見ていたら、忽然と妻が甦って、「私ならここにいるわ」と言った。「ここって何処だ」と、凝っとその写真を見つめているうちに、写真を撮った場所や、その前後が思い出された。妻は右手に半分ほど飲んだビールのグラスを持っている。背後にぼんやりと人が写っている。妻の左は庭だ。庭の明るさから昼下がりのようだ。写真に日付はないが妻の服装から見て初夏であることが判る。私の古稀の祝いに、札幌の娘と婿と二人の孫に取り囲まれて、とあるホテルの個室で食事をした。明日はお父さんとふたりで札幌の街を楽しむからねと妻は言って、翌日、中島公園近くのレストランの、窓側のテーブルに向い合って坐った。そのとき、私が撮った写真の一枚であった。

すると、その日のことが、四年も経つのにまざまざと、食べた料理や話し合った内容まであらわに、しかも二重にも三重にも意味をもって甦って来るのであった。いったい、たんなる思い出をはるかに越えたこうした現象は何によるのだろう。私、と妻はビールをまた飲みながら、あなたにもっと大きな賞を取らせたいのと言った。道新文学賞になった『湯灌師』という三部からなる長編小説のあと、なかば自伝風な『少年の日に』という小説を河出書房新社から出した私は『湯灌師』よりも注目され、何かの賞の対象になるのではないかと思ったが、書評が出ただけで終った。かつて『私と昭和史』という作を読んでもらった折りに、日本では自伝文学が認められずよくないことです、時間がかかるが預からせて下さいと書いてよこした埴谷雄高氏の言葉まで思い出して失望していた、そんな私の姿を見ていて、妻が古稀の祝いのあとで言った言葉だった。

さらにフイルムが逆回転するように思い出は昔へ昔へと遡り、忘れていたことが、たんに思い出としてではなく、バルザックの希望は過去にしかないという箴言を裏付けるようにリアルタイムとして甦って来たのであった。――娘が生まれて間もなくのこと、出版社からもどって来た原稿を手にして若くてうつくしかった妻は、凝っと私を悲しげにみつめ、こんな恨み辛みを誰が読むの、あなたが私にしきりに言っていた、あの美しいあなたの文学空間は何処へいったの……

私は中学校で三年間臨時の教師をしていたから大学へ行っても二浪の大学生より歳が多かった。小説に魅了されていた私はその頃、『怪物』とか『市長の病気』とか自分に題材を取らない客観小説を書いて評価され、ある雑誌の編集者に期待されていた。しかし片足だということで東京で就職出来ず、函館にもどった。そのショックは酷いもので、神経症になり、小説の注文が来ると自分に題材を取り、差別をされた人間として世の中を弾劾した。自分でもそれが小説だとは思わなかったが、そういうこと以外に悔しくて書く気が起きなかったのもまた本音であった。

妻はなんとか詩人の魂を持っていたかつての私に立ち戻らせようとして、私が一時期しきりに読んでいたラカンの一冊を持って来て、エンピツで線を引いているところをひろげた。

「幼児は言葉を、最初は三人称で覚えるって、あなたはよく言ったわね。ここに書いてある通りよ。その幼児が、発達して、ある日とつぜん自分を認識し、一人称の『私』という言葉を覚える。作家はその幼児のように、まっさらな、何の概念もない『私』の発見が大事なのだとも言ったでしょう。そのときの驚き、これがない作家はだめだって。そしてその後で、あなたは、ボクは絶対に自分の障害そのものを描かない。描くとしても、三人称で描く。一人称で小説を描く場合は、ボクは健康な人間と、片足のボクとの差異を書く。たとえばランボオは、『またみつかった／何が／永遠が／海と溶け合う太陽が』と言ったが、ボクは違う、あの美しいなんとも形容し難い沈む夕陽は、ボクの片足の在りかをボクに暗示している、だから夕陽は燃えるように美しいのだと、あなたはそう言ったのよ。そのあなたが、どうして片足の不幸ばかりをめんめんと呪いをこめて書くの。それは全然、詩にも力にもなっていない文章よ……」

四十年前にもどって、昂奮して私を説得しようとしている若い富美子と、いまふしぎにも一緒なのだ。「一人」の私と「一人」の富美子とは合体して、四十年前を生きているのである。

そうだったのか、妻が、「私ならここにいるわ」と写真の奥で言ったのは、一つの思い出から他の思い出に移る度に、そこにも「私がいる」ということなのだった。それが夫婦だけが持っている記憶のリレーというものなのだろう。

死者としての妻を探すことで、私は、此岸と彼岸が一致した生きた思い出を知るにいたる道を知ったのであった。

「そうか、判ったよ、思い出の中に、お前は生きているんだね」

「そうよ。死んで初めてすべては完成するのよ」

「まだ未完成でも、もう少しお前と一緒にいたかった……」

「それは私も同じ……」

「お前は、片足のあなたを置いて逝けないとよくいっていた」

「私も絶対に、あなたを置いて先に逝かないと思っていた。でも、どうして先に逝くようになったのかしら……」

「神や仏のいじわるだろう」

「彼岸へ来て、彼岸といってもあなたの周辺がすでに彼岸で、そこで苦労しているあなたを見ながら、なぜ、私の方が先に死んだのか考えながら、誕生以前の神とのやりとりのことをあれこれ思ってみているうちに、あることにぶつかったの」

「あること?」

「そう、あること。それは、奇蹟の存在とも言える宇宙に浮いている地球に、人間として生まれたいかと訊かれて頷くと、それじゃどこの家がいいかなって……。私は海産問屋の池田家の末っ子を選んだらしいの。その後で、恋愛や結婚は誰にするかと言われ、そこにあなたや、いろんな男が出て来たの。誰にするのかと再度問われ、私は即座にあなたを選んだ。この片足の男がいいのか？　ええ、片足の彼と私は人生を始めたい。難しい選択が好きなのかな、彼は、多分芸術家志望だ、売れない片足の芸術家だが、それでもいいのか。はい、そういう悩める少年の夢と人生を生きたい、きっと私は彼を有名な芸術家にしてみせるわ。でも、一つ条件があるの。私にその男の死に水を取らせて欲しい。う〜ん、その件は他の神の領域だ、これは寿命とからんで難しいんだ、お前が頑張るしかない。だが、他の男ならそう出来るのもいるのだが、それでは駄目なんだろう。駄目だわ、絶対彼と生きる……。彼岸に来て、誕生以前にこんな会話を神と交した記憶がぼんやり甦って来たの。はっきりとは覚えていない。天界で決めたことは、人間として地上に生まれるために、忘却の河を渡るから何もかも覚えていない。中学校の音楽教師をしていたとき、あなたが入って来て歓迎会をやった、お酒も食べる物も殆どない戦後の貧しい時代だったわね。詰襟の学生服だったあなたはドイツ語でシューベルトの『セレナーデ』を歌った。変った少年だと思ったけど、そのあなたが、私が天界で選んだ少年だったとは、死んで彼岸に着いて、あれこれ考えるまで判らなかった……」

「お前の死は悲しいけれど、忘れていた思い出が次々甦って来る。お前が生きていれば決してこんなに豊かな過去が揃うことはなかったろう。写真や、お前が身につけていた物や、手帖や、手紙に、お前は生き生きと甦って来る。『私はここにいる』とは、そういうことなんだな……」

「夢の中にもいるのよ、探しに来て。ある詩人が、人間は言葉を持ったことが不幸の始まりだと言った。これは間違いよ。肉体を持ったことが、不幸の始まりなの。アダムもイヴも楽園では肉体を持ってなかった。それが肉体を欲しがって追放された。私は肉体がない。悲しくて淋しいことだけど、でも、魂や霊はすごいものなのよ。いっさいの罪科からまぬかれているの。あなたにはまだ罪科がいっぱいある。肉体を維持するには植物や動物を犠牲にしなければならない。私はもうそんなことをしなくてもいい。あなたの思い出す、ふたりの思い出の世界で待っていればいい。でも、私がいくら声をかけても、あなたは気づかずに素通りして行くことがある。そのときは、とても淋しい。私も、あなた同様、括弧つきの『一人』なのよ」

「ふたりは同じ運命にいるんだね」

「よく判った?」

「思い掛けない動機で、過去が甦って来る。そこには生きていたときと何も変らぬお前がいる」

「そんなふうにあなたに発見されたとき私はたとえようもない喜びを味わっている。過去の思い出の空間には、言葉はいらないのよ。喜びだけがあればいいの」

「死者の発見とは、そういうことか」

「そうよ、そういうことよ」と今にも机の上のその写真から飛び出して来るような気配を見せて、妻は頷いたのであった。

癌と文学

タヒチのポール・ゴーギャンの許に、娘の訃報が届いたとき、彼の名作「人間は何処から来て、何処へいくのか」が生まれたといわれている。

私は最近妻を膀胱癌で亡くした。術後四ヵ月しかもたなかった。妻は死んだのに、情緒や記憶はその死を認めない。それで心の葛藤を招く。フロイトはこの葛藤は永く続くが、逃げたらだめだという。この葛藤こそ愛のなんたるかを教えるからであるらしい。

私は妻の死と敢然と対峙するつもりだ。それで私は癌は文学作品を創り得るかということを考えている。結核にはすぐれた文学作品ともいうべき小説がある。梶井基次郎の『檸檬』はその最右翼で、癌にはまだこうした香り高い短編はない。

微熱に悩まされている結核患者の主人公は、冷たい紡錘形の檸檬の感触を楽しみながら路地から路地を歩き、洋書の丸善へ行く。その二階で画集を眺め、その上に檸檬をのせて来る。自分の微熱で爆弾に変っているかもしれないという幻想と引きかえに。

結核は十九世紀に猛威を振るったが連帯感が出来た。療養施設も生まれた。文学作品も生んだ。トーマス・マンの『魔の山』は、結核療養所の生活を扱った世界文学の一級品である。

そこへいくと癌は医学界や民間療法でいろいろな話題を呼んでおり、そこから派生してくるのはドキュメントであっても、いまだ芸術の香り豊かな文学作品になっていない。結核は微熱の文学で症状的に恋愛に近くスタートからロマンの匂いがある。癌は格闘技で、宣告がむずかしく下手な医師の説明は、むしろ患者に生きる気力を失わせる。

妻の場合も執刀した主治医は、こんなに進行の早い癌は初めてで生死は時間単位になるかもと言った。それじゃなぜ手術に踏切ったのか。私や妻にのこされたものは、ただ奇蹟を祈る時間だけである。ここには上林暁の名作『聖ヨハネ病院にて』のような結核を通して死を見つめ合っている夫と妻の奥行きの深い会話はない。

私は放射線科の医師の話に頗る文学的発想を感じた。彼は癌患者を小学校時代の運動競技の棒倒しにたとえた。棒は癌患者である。癌は一律ではなく、それぞれ異なる顔を持っている。同じ治療が役立つとは限らない。そこでこの先生が言うには皆で棒を倒さぬように支えるため、放射線をかけて癌を小さくすべきだという。しかしそれがある日突然外科医が手術を始め、折角できた癌対策のシステムが反故にされた。

妻の場合も若い外科医がしきりに切りたがる。手術だけが彼の実績になるからだ。また手術が安易になった理由の一つは麻酔がよくなったからで、私が右足を切断した昭和の初めは、麻酔がよくなく醒めなければ死ぬし、醒めると一晩中猛烈な痛みが続き、点滴もない。

さらに放射線科の主任は、死のせまった癌患者と家族と医師と看護婦が互いに自由に話し合える状況を作ることが急務だと言った。いわゆるホスピスである。

私は癌で妻を喪ったことで深淵に落ちていく自分を知ったが、フロイトは、そこから「悲哀の仕事」が始まるという。もう妻と二度と会うことができない。判っていても諦められず、精神的葛藤が続く。それが悲哀の仕事で、対象の死を忘れるのではなく、思慕の情を自然の心によっていつも体験し、悲しむ能力を身につけることが大事だという。

腸が癒着して妻は人工肛門をつけさせられ、三級の障害者手帳を貰うと、ようやくあなたと同じになったと、にっこり笑った。私は七歳から障害者だ。今、私はそのときの笑顔を手がかりに、喪失の悲しみを越えた小説が出来ないものかと思っている。

メリメに、『マテオ・ファルコーネ』という名作がある。救いを求めて、お尋ね者がマキ（叢林の意）に逃げ込んで匿ってもらう。まさにそここそホスピスである。ある日、マテオの一人息子が、マキに逃げ込もうとしたお尋ね者を、家のそばに積んである枯れ草の中に匿う。そこに官憲が来る。その官憲が見せびらかす銀時計の買収に乗って、息子はお尋ね者の居所を告げる。たった数時間のあいだに、裏切り、露顕、子殺しが行われる。一人息子を殺さなければ、ホスピスの正義は守られない。じつに厳しい小説だ。たとえ息子といえども裏切りは許されない。それがホスピスの存在だろう。果たしてそういう『マテオ・ファルコーネ』を越えた小説が私に書けるだろうか。

真夜中の旅人

一

黒いスラックスに網の目の黒いセエターの上から、芥子色の、七分のコートを着けて妻は病室に入って来た。

よく眠れた、と訊きながらコートを脱ぐ。それをたたんで椅子の上に置くと、手提げから小さなポットを取り出した。詰所によって婦長さんに、珈琲をつくって来たけど、飲ませてもかまいませんかと訊くと、カップ一杯くらいならと言われたと、血管の青く浮き出ている痩せた手で妻はポットの栓をゆるめカップに珈琲を注いだ。解放されたいい香りがした。ゆっくり飲むと、久しぶりの妻の淹れてくれた珈琲の苦みが口のなかにひろがった。好みの味を知っていた。飲みおわるとカップを洗いに行った。朝早く起きて、珈琲をたてていた妻の念入りな姿が彷彿とされた。午後から夕方まで食事ができないと言われており、朝食は牛乳とクラッカーだった。牛乳もクラッカーも夫は口にしないと思い、代りに珈琲を飲ませようとつくって来たものだった。

午前中は、細かい注意や、麻酔がよく効くための肩にする注射や、点滴などであわただしくすぎた。その点滴のときちょっとしたハプニングが起こった。私の体質そのものが、どういうのか点滴を苦手としており、注射針が一度としてうまく血管の中に入ったためしがない。今回もそうで、看護婦がいくら頑張っても丁度よい血管が見つからず、見かねていた妻は横から、この人、子供の頃から痛い目に遭わされて来たの、針で血管を探されたら可哀そうよ、上手な人いないの。すると看護婦は泣きだし、私下手なの、誰か呼んで来るといった。馴れた上手な看護婦が来て私は救われたが、妻は看護婦を泣かせた強い奥さんという評判が立った。

最初の手術は二・二六事件のあった昭和十一年の秋で、右足を膝上から切断するという大手術で、私は七歳だった。それから六十数年後、病名も切除する場所も異なるが、今度もまた私は手術台に乗らねばならなかった。しかも尿が出なくなって尿道の付け根をレーザーメスで焼くのはこれで二度目である。

二人の看護婦が私を連れに来た。四時すこしまえである。病室のベッドに臥したまま手術室へ行く。妻はエレヴェーターのところまでついて来た。手術室は二階である。エレヴェーターから手術室までは私と二人の看護婦だけで、目をつぶりながら、エレヴェーターの下がる音や、ドアの開くときの音や、長い廊下を滑るベッドの車輪のそれぞれ異なる音を聞いていた。看護婦が私の耳もとで囁いた。わたくしたちはここまでで、ここから先は手術室の看護婦さんと交代します。

ドアの向うから白ずくめの、口までマスクで覆った目だけが印象的に光っている若い看護婦が迎えに出た。わたくしは手術室の※※ですとその白ずくめの女が自分の名前を言うと私の名前を訊ねた。すでに手術室では架空の私が設定されて、性別から身長、年齢、脊髄に打つ麻酔の量や手術の場所、所要時間にいたるまで話し合われていたにちがいなかった。その架空の私と、これから手術を受ける私とが同一人物であるためには、私は自分の名前を告げるだけでいいのである。※※ですと名前を言うともう一人やはり白ずくめの目だけ生きて動いている看護婦が来て、先の看護婦といっしょに私を手術台の近くへ連れて行った。そこは外の光をいっさい遮った人工的な光の部屋である。

私を乗せたベッドが手術台のそばでとまると、回診のとき主治医といっしょの若い長身の医師が、エビのように折り曲げた私の背骨に麻酔を打った。注射の量も回数も二度目のほうが多かった。

前立腺癌と言われたのは五年まえである。手術をせずに女性ホルモンの注射で癌の数値はおさえられていたが、一年、二年とたつうちに数値がふえ、二ケタになった。排尿もしだいに困難をともなった。

この先どうなるのか三度目の手術もあるのかないのか、主治医に訊ねたが、こころもとない返答がかえって来るだけだった。

「何が原因で前立腺癌になったんでしょう」

「それは判らない。病気の七割は原因が不明で闇の中です。幸い、原因が判らなくても、病気という現象は前例があるから治療できます」

そのとき主治医から、やがて尿が出なくなることがあっても、心配はいらないとも言われ、二度目でおわるかもしれない、おわらなくてもリスクの少ない方法を考えますとも言われた。

麻酔が効いて来ると、主治医が、これから手術を始めますと、レーザーメスを手にしたようだった。しかしその姿は見えない。私の視界には主治医の近くで動き廻っている三人の医師と、目だけ出して、あとは頭から下まで白ずくめの二人の看護婦が見えるだけであった。二度目で馴れているはずが、かえって不安が増してくる。もうかなり時間がたっているが、あとどれくらいかかるのだろう。下半身ににぶい圧迫感がある。とつぜんはげしい痛みが襲ってくることはないのだろうか。私は誰とも話ができず、疑問や不安をかかえているしかない。このとき唐突に、深夜洗面所で、顔のヒゲを剃っていた老人を思い出した。安い使い捨てのカミソリを使っている。「こんな真夜中、どうしたんです」と声をかけると、「明日、早ばやと愛人が来るんです」といった。愛人が来る歳ではないと思ったが、下顎の恰好のいいヒゲだけ残して、シャリシャリと顔のヒゲにカミソリを当てていく巧みさを見ていると、まんざら嘘でもなさそうだった。剃ったあと鏡に向って、何度も自分の顔に見惚れていた。しばらくすると、一瞬鋭い痛みが走った。つかの間のことだった。不純物といっしょに大量の真水がカテーテルから真下の銅の受け皿に流されたようだ。主治医がおわりましたと言った。

片足しかない左足は幅広のテープで固定され下半身の動きがまったくとれない。ベッドの先端に、点滴ともう一つカテーテルを通って出血をうすめている真水の入ったびんが並んでいた。来るときはエレヴェーターのなかも廊下も目をつぶっていたから、暗闇の曲がりくねった道であったが、帰りはしかと目を開けて周囲を見廻し車輪の音を聞いていた。日はすでに沈み、廊下の窓は暗かった。

ほっとした妻の目に迎えられて私は病室へ入った。枕元に数本の水のボトルが並んでいる。たくさん水を飲んで尿の血をうすめ、できるだけ尿を多く出すためのものであった。ほんの少量妻の、すいのみに入れてくれた術後最初の水で口を潤した。

廊下が騒がしくなった。女性の声でアナウンスが入った。夕食後、毎晩聞くが、あまり気持のよいものではない。天国と地獄と二つに分けるような雰囲気の声だ。面会の時間はあと十分でおわります。なお、駐車場は八時閉鎖です。そういえば、深夜洗面所でヒゲを剃っていた老人は、消灯になると病人が目が冴えて、眠れなくなることが判っていないと、よく言っていた。

妻は帰り仕度を始めながら、今日とてもあなたつらそうだから、私、泊ってもいいのよと言った。泊るったって待合室に簡易のベッドを作って貰うしかないので大変だよと、私はことわった。すると妻は、しぶしぶ帰った。

消燈のあと、人は死に向って歳を取る、という言葉が浮かんで来た。青春は過ぎ去る。働き盛りの壮年期もまた過ぎ去る。しかし、老年は人生の行き止りでその先が死であろう。母は九十三歳で未だ老人ホームで元気にすごしている。父は二十年もまえに肺癌で死んだ。死ぬ数日まえ枕許の私に気づくと、もう死期が近づいている虚ろな目で、お前の夢を見ていた、足が痛いと泣いてたけど、かあさんもわたしも何もしてやれなかった。泣くお前をただ放っておくしかなかった。そのとき父が見た夢とは、私が右足を大腿部から切断する一年まえのことを言っているのだった。癌の痛みから父はときどき結核菌が新しい骨を蝕むときの息子の痛みを思い出していたのだろう。父は七十六歳で死んだ。あと五年で私もその年齢になる。ふと、私に付き添っていたいといったのにむりに帰らせた妻のことが気になった。もう眠りについたろうか、それとも私のことを気にして、まだ寝つかれずにいるだろうか……

　カーテンに豆ランプが映った。看護婦が入って来て、点滴をかえたあと、傷の痛みはどうかと訊ねた。がまんできるというと、今夜一晩、左足を固定してあるから、辛いと思うけど、あしたになれば楽になると言った。仰向けに寝たままじっとしていると、からだが硬直して眠れそうもなかった。寝返りも打てず、縛られたまま、朝まで起きていることになるのだろうか。脈を取りにきた看護婦に苦痛を訴え、背中をさすって貰った。


　朝方眠ったようだった。目覚めると、からだのふしぶしが痛い。首や肩が凝っている。朝食の配膳まえに妻が来た。今朝から食事が許されていた。あらかじめ私はトーストと珈琲を頼んでおいた。しかし起き上ることができない。まだ固定したテープははがされていない。横になったまま妻に食べさせて貰った。久しぶりの、バターのたっぷりぬった上に、ママレードをつけた好物のトーストだった。私が入院して今日で五日目で、その五日間、一人ですごした夜の様子を妻は私の凝った肩や腕をさすりながら喋った。

「あなたが退院して来ると思うから、夜一人でも淋しくなくすごせるけれど、あなたがいなくなったら、次の日も、またその次の日も私一人ですごさねばならないと思うと、どうしていいか判らない気持になったわ。ゆうべふとそんな妄想に囚われて眠られなかった」

私は自分が先に逝くと思っているから、一度も取りのこされた自分を考えたことはなかった。しかし、妻は、義足の夫をのこして死ねないとことあるごとに思っていたから、いつも取りのこされた自分を考えないわけにはいかなかった。

ゆうべはその妄想が、よほど応えたようだった。

「あなたを見送って、一人になるということを、ふだん何げなく言ってたけど、それは大変なことね、もうそういうこと言うのいやになった、一人取りのこされるって恐いことよ、あなたはどこにもいない。その瞬間から夫婦の会話はとざされる。これまでの永い夜の時間、部屋中がゆきとどいていたのも夫婦としての存在があるからでしょ。とりとめもなく見つめ合ったり、とりとめもないお喋りをしたり、疲れて寝床の中で、互いに寝息をたてたり、それでも夫婦でいるとその空間は満ち足りているけど、私一人になったら、そこはまったく別な世界だわ……、一人地獄よ……」

「どうして、また、そんなに深刻なこと考えていたの……」

私は心配になって妻の顔を見た。

「あなたはいつか、深淵というものがあると言ったでしょ」

「深淵、いったかな」と考えているうちに、そのときのことを思い出していた。尿の出が悪くいらいらしていたときだった。手許にあったパスカルの『パンセ』をなにげなく開くと、肱掛椅子に坐っていたパスカルが左手の床にぽっかりと口を開いている底知れぬ暗い闇を認めて愕然としたとある。それが深淵で、私は人生を二つの深淵、われわれは何処から来て何処へ行くのかまったく判らない二つの深淵に架っている橋にたとえていた。しかし、そんなふうに妻に話したかどうか定かではなかった。

「なんて言ったか忘れたけれど、お前はどんなふうに受けとったんだろう……」

「自分が発した思いや言葉が、あなたに受けとめられて、はねかえって来るから人間は生きていられる。思いや言葉が、たとえば深い井戸に投げた小石のようにどんどん落ちて闇に吸い込まれてもどって来ないと、人間はもう生きられない。人間は一人じゃ生きられないんだね。あなたはそう言ったのよ。ゆうべ私は、言葉がかえって来ない深淵を見たの。あなたを喪うと、そういう世界に落ちるんだと判ったの。もうそこには存在者としてのあなたがいない。妻として私がどんな思いをめぐらそうが、言葉を発しようが、もうあなたから応答がない。私は誓ったわ、あなたが死ぬときは私もいっしょに死ぬって……。生きてる理由がないもの」

妻は珈琲カップとトーストを入れて来た皿類やポットを洗いに行った。お互いに七十をすぎている。いつ二人のどっちかに死が襲って来てもふしぎはない。いずれはどちらかが、共に生きて来た対象を喪うのである。老いて死に向うとは、淋しいことの始まりだった。それにしても私はこんな恐ろしいことを妻に話したのだろうか。二人の共通の知り合いも去年あたりから、一人、二人と先行者がふえていた。五日間も夜のしじまで物思いに耽っていれば、取りのこされた自分の姿が異様にくっきりと浮かんで来るものなのだろう。

午前中の回診が始まった。血の色を見て主治医が明日あたりカテーテルを抜けるでしょうと言い、左足を固定していた太いテープがはずされた。からだが自由になると、心まで自由になった。

夢うつつに男女の話し合う声を聞いていた。隣りに入った新しい入院患者とそれに付き添って来た女性のようで、長身の男の影が境になっている一枚のカーテンに映っていた。声から私と同じくらいの年恰好のようだが、すらりとした細身のからだには影からだが、若々しさが感じられた。女性は普通の背丈のどっちかといえば小太りのようで、男は、地下にしゃれた喫茶店があるから行ってみたらとすすめた。枕許には妻のメモがある。よく眠っているので声をかけずに着換えを持って家へ行ってくる、あなたが朝に言ったうなぎを夕食に間に合わせます、とあった。妻は隣りに入った入院患者と顔を合わせたふうはなかった。

黒いスーツの五十がらみの女性が出ていくと、看護婦が来た。私も入院のときに受けた個人調査で、私は思わず耳をそばたてた。趣味のところで、その影の男は、音楽とお祈りと言ったからだ。音楽は判るが、お祈りが趣味とはどういうことか。看護婦も、そのお祈りに躓いた。お祈りって、お祈りですよね、とかさねて言うと、男は明るい声で、あなたはみんなの幸福や健康を祈ったりしませんか。意味がとれないらしく、看護婦は先を急いで、ご家族はと訊いた。一人です。天涯孤独です。十九のとき召集令状が来て、戦場に三年いて戦争がおわり、日本へ帰ってくると広島は跡かたもなく、東京は焼野が原。母の実家を尋ね、母と病人の父といっしょに三年暮し、東京へ出て大学へ入ったが、そのときはもう二十五でした。ひどい時代で結婚なんて考えなかった。以後ずっと独身です。すでに父も母もいません。そのあと男は、あまり関係のない、まったく個人的なことを思い出しながら喋ったりした。地下にお茶を飲みに行っていた五十がらみの女性が入って来ると、自然に調査は打ち切られ、看護婦は、明日からのスケジュールを説明した。検査手術は今のところ五日後になりますと、病室を出ていった。

隣りの男に興味を持ったのは、かんたんにすませようと思えばすませられる質問に、執拗に、思い出しながらこころゆくまで答えていた姿勢にだった。これは普通の職業の人ではないなと思った。ずっと独身なら、いっしょについて来た黒いスーツの女性は何者か。その女性は男を先生と呼んだような気がした。どこかの大学の先生か。女性は帰るとき、明日までに調べておきましょうと言った。私のベッドの足許を通って行くとき、私に会釈をした。品のある丸顔の女性だった。

妻が来ると、その動きで、私のほかに誰か人がいる気配に気づくと、パジャマの上に茶系の濃淡模様のガウンを着けて、「高村です」と挨拶に見えた。顔が印象的だった。面のようだ。面といっても能面とはちがう。象徴的な表情がくっきりと表に出ているのではない。細面の鼻筋のとおった整った顔だちだが、その人本来の感情がどうも顔に現われていない。まなざしも優しくおだやかな表情をしているが、作られた顔に見えて生きているように見えない。妻は品のある良い顔だちの紳士だと言ったが、どんなにおだやかで顔立ちが優しく整っていても、どこかに俗っぽさがあるものだが、それがまったくない。不自然でならなかった。そのうちこの謎が解けた。

カトリックの神父で、しかも修道院の院長であるという。妻は婦長から聞いてきたらしい。男ばかりの社会で男が付き添って来るのはおかしいから、カトリック系の女学校の先生がついて来たらしかった。これで私のひっかかっていた、祈りが趣味だと言った理由も納得いった。また神父でも前立腺癌になることが判った。癌は人間の数だけあるといわれているが、彼はどういう種類の癌なのか、検査手術に入院したのであった。

この神父と私はまったく偶然から親しく言葉を交すことになった。神父が入院した二日目の昼さがり、ベッドにパジャマ姿で坐っていた私をトイレから戻って来た神父が見て、私の片足に興味を持った。二人のベッドを遮っているカーテンを開くと、少し話をしていいですかと自分のベッドに坐った。頷くと神父は、右足がないようですけど、どうなさったのですかと訊いた。しばらくためらっていると、神父は、戦争で足を失ったのでしょうねと言った。年齢的に右足がしかも大腿部からないのは、戦争にちがいないと神父は思ったらしい。しかし私が片足がないのは戦争ではない。病気のためで、七歳の、二・二六事件のあった秋、生きるには足をしかも膝のずっと上から切るしかなかった。

「かわいそうなことをしましたね。片足でご不自由でしたでしょうね。わたくしは戦場で、中国の幼い子供たちもそうですが、日本の軍人も少年兵も地雷を踏んで足を失った姿を見てきました。それでてっきりあなたもそうかと思ったんです」その後でとつぜん神父は、戦争の話をさせて下さいと言った。それも熱っぽく。頷くと、神父の、闇のなかにしかとしまっていたにちがいない遠い過去の顔があらわに甦った。

「わたくしは衛生兵でした」と神父は興奮ぎみに話をはじめた。「そこは野戦病院で負傷者であふれていました。傷ついた兵士はみんな戦争がいやなんですね。ひとりとして負傷が治ることを望んでいませんでした。治ると、また戦場へいく。殺されるのもいやだが、殺すのがもっといやなんです。わたくしを驚かしたのは、負傷が治って、明日原隊復帰という一日まえの夜、ひとりの兵士が便所で銃剣で自害したことでした。わたくしはもう何日も眠れませんでした。軍医といっしょに、寝ずに看病した兵士でしたからね。戦争の悲惨さをひっさげて終戦の年、中国から日本へ還って来ましたが、わたくしが育った東京は焼野が原で家もない。両親は母の実家へ引揚げていました。復員兵姿で尋ねていくと、よく無事で還ったと両親は涙をうかべて喜んでくれましたが、わたくしは重い気持で、うれしくなかった。父が胸を煩ってることも知りました。父の死後、東京へ出て大学へ入りなおし、スポーツがすきで、スポーツもしましたが、気がはれない。ますます沈む。それでカトリックの教会へ通い、教会の鐘をつく手伝いをしているうちに、仙台の神学校へ行ってみようと思い、それからずっとカトリックの道を歩き、今は当別にいますが、神に仕える以上、過去の告白は許されません。すべては神の御心にまかせるべきなのに、わたくしは、一度も話したことのない青年の頃の気持をしかも見知らぬあなたの顔を見てなぜ話そうとしたんでしょうね。あなたが片足だからでしょうか……」

「ケルト神話、ご存知ありませんか」と私は少しでも彼の気持を軽くしたいと思った。神父は凝っと私に目を据え、怪訝な顔で、知りませんと言った。

「ケルト人は樹木に篤い信仰を持っています。先祖の霊が樹木の中に住んでいる。しかもおびただしい樹木なんでどの樹に先祖の霊が宿っているか判らない。それがたまたま両親の霊の入っている樹木のまえを通ったとき、今までの日常生活からとつぜん解き放されて両親が生きていた過去へ連れだされ、両親と再会します。こういうことは一生の間あるかないかで、それを彼らは僥倖と呼んでいます。今、あなたに忘れていた過去をあらわに思い出させたということで、私はあなたにとってケルト神話の樹木に当たっていたんじゃないでしょうか……」

「なるほど、そうですか……」

「それに私は年齢的にあなたとそんなに変らない。戦場に行ったことはないけど、片足がない。いってみればあなたに過去を甦らせるに恰好な存在者です。信仰以前の、甦った告白でも、神には許されないことになるんですか……」

「なります」

「きびしいんですね」

「自由に考えていれば、信仰は、ぐらつくんです。つねにわれわれは神から験《ため》されている。

いつでもわれわれにはヨブの運命がついて廻っているんですね」と、神父はここから表情がさらにきびしくなった。「あなたに衛生兵時代を話している過程でわかったことがあります。これはとても辛い。軍医もわたくしも、間違ったんです。戦場からもどった傷病兵のキズは治しちゃだめなんです。放っておくんです。負傷は正当な戦争放棄で、神は治すなと言ったかもしれない。その兵士は右足がガス壊疽にかかっていたが、幸い骨には異常はなかった。軍医は失敗したふりをして負傷した足を切断すべきだったとも言ったんです。治して原隊へ復帰させることは、再び傷病兵に戦争の恐怖を与えることです。自害というより、わたくしたちが殺したようなものです。今思うと、回復していった兵士は少しも幸福そうではなかった。わたくしたちが殺したと今、はっきりしたんです。片足のあなたを見て悟ったんです。こういう悟り方は神への冒瀆にもなりますけど」

神父は今もときどきその自害した軍人の姿や顔を思い出しているのではなかろうか。もしもあのとき、軍医が言ったように治療に失敗したふりをして片足を切り落としたらどうだったろうか。兵士は原隊にもどらなくてもよかったろう。しかし、片足が切断された瞬間、どんな思いになったか考えねばならない。そうした迷いの原点のような片足の私に出遭って神父は封印していた過去を解き、衛生兵時代の話をしてみたくなったのではないだろうか。

かなりむかしに遡るが、当時函館に一軒しかなかった馬場という義肢製作所で親しくなった右足を地雷で失った傷痍軍人が、負傷が治ったが原隊にもどりたくなくて、自害したり、治った傷口をカミソリで再び切ったりして、戦争神経症になった兵士を見て来ました、と言ったことがあった。さらに、平和になっているのに、戦場の恐ろしさを反復強迫っていうんですか、私もしばしばそんな夢にうなされます。戦争の後遺症は恐い、とも。

神父もこれに近い「反復強迫神経症」に悩まされているのではないだろうか。夜になると神父のうなされる姿が気になった。神父は真夜中、ときどきすごい鼾をかいたあと、少年のようにすすり泣くことがあった。それは自害した軍人を思い出して、罪の意識を感じているからではないだろうか。眠りのなかで遠い過去に遡り、信仰で片付かない神父になるまえに捨てて来た衛生兵時代の、封印をした世界に降りて行ってるのだろうか……。このときの、すすり泣きや、嗚咽は私だけが証人ではなかった。私の排尿の袋をバケツにあけに来た夜勤の看護婦も聞いていていて、どこか痛いのだろうか、先生を呼んで来たほうがいいかしらと、彼の嗚咽を、眠られずに聞いている私に尋ねた。くせらしいのですよ、放っておいた方がいいです、それに心の問題のようなんですと言うと、それならもう一人おりますよ、愛人が来ないって傍迷惑になっているんです。あの深夜の老人だろうか。そのうちすすり泣きも寝言も安らかな、規則正しい状態にもどった。看護婦も安心して出ていった。しかし、また何分もしないうちに鼾をかき、嗚咽が始まる。真夜中の旅をしているのだろう。五日ほどいっしょにいたが、説明のむずかしい旅はつづいているようだった。

神父は妻とも親しくなり、ご主人さん、片足で不自由でしょうね、という話をしたらしかった。妻は、この人は大変苦労して来た人です。片足で生きて来たのですから、私は育ての親でもあるんです、と笑ったと言った。私は妻に神父の寝言や嗚咽や自害した傷病兵の話を教えていた。

二

退院して一ヵ月近くたって、人伝に、神父は検査手術をおえたが、前立腺癌はかなりよくないものだということを知った。しかし修道院の院長という要職故そんなに永いこと入院も出来ず、また何か生じたら再入院するということで一時退院した。たまたまそんなとき、私は病気とか健康をあつかっている新聞に、エッセイを頼まれ、神父とは書かずに、自分のイメージとしては坊さんふうな宗教家のつもりで、自分と同じ前立腺癌で五日間も同室に居たときの様子を書いた。夜になるとその宗教家は決まって鼾をかき、その後で何か悲しいことでも思い出したのか嗚咽する、それもほとんど時間帯が決まっており、人間は幼いときもしトラウマを受けると永遠に解放されずに、どんなに歳を取ってもそこへ下りていくのだろうかと書いたのだった。もちろんそこに私もかさねて、そのすすり泣きを「真夜中の旅」と名づけた。

宗教家と書いたのに、神父は、これは自分のことだとすぐに悟り、人を通して私に会いたいと言って来たのであった。私が懇意にしている鮨屋がある。そこの主人は、復活祭になると鮨を握りに男子修道院にいっており、新聞にエッセイを書いたあとで久しぶりに妻もいっしょに鮨を食べに行くと、そういう話がその主人のところに舞い込んでいたことを知ったのであった。

「会ってみますか」と鮨屋の主人は言った。
「いや、会いません。興味はあるけど、あらためて会うとなれば一寸気が引けます」
「自分から言ってましたけど、よく鼾をかいたり、寝言を言ったりするらしいです。それで気になるんでしょうね……」

鮨屋の主人の話を聞きながら妻は、あの神父さんに、子供の頃の、どういう後遺症があるのかしらと言ったあとで、あなたもときどき本当に悲しそうにすすり泣くことがあるわと言った。

私には完全に後遺症がある。老人になった今もときどき思い出すだけではなく、夢にも見た。結核菌が新しい骨を蝕むときは必ず右膝が病んだ。それもちょっとやそっとではない。全身に火がついたような痛みが襲った。大概真夜中で、私のまわりには父母や医者もいたのに痛みを止めるどころか、ただ彼らは見ているだけで、何の治療もしない。このとき、四、五歳の私は、誰も助けてくれないことを断末魔の苦しみのなかで知り、見放されたと思い、それがずっと人間不信の後遺症となって残っていた。

私は妻に話した。私の夜中の嗚咽やすすり泣きは幼い頃を思い出しての恨みだけど、神父の場合は、せっかく治療した兵士のトイレでの銃剣による自害の後遺症なはずなんだよ。

するとは、

「私に判らないのは、原隊に復帰することになった前夜、トイレで銃剣で自害するくらいなら、どうして最初から治してほしくないって言わなかったの……」

「言えなかったんだろう、やせてもかれても彼は軍人だから」

「じゃ、一応治療に応じていたけれど、治ったら自害するつもりだったのね」

「そうだろうな」

鮨屋の主人も、神父が私にどんな話をしたか判ると、私達夫婦に目を瞠った。

「それって、とても恐い話ね」

「だから神父はすごく辛かったと思うよ」

「衛生兵時代の神父さんも軍医さんも、一人の無辜の兵士を結局はヨブにしたんだわ」

「ヨブって何ですか」と鮨屋の主人が口をはさんだ。

私と妻の目のまえには今が食べ頃だというひらめのにぎりが二個ずつ並んでいた。その一つを食べながら、私は旧約聖書の中のヨブ記を説明した。

「神も悪魔にそそのかされると虚栄心というものの虜になるんですね」と鮨屋は言った。

「このヨブという方は、その虚栄心の犠牲者ですか」

このとき妻は鮨屋の主人に向ってこう言ったのであった。「夫は、生まれて一年たって、右膝が結核性関節炎になった。その後が大変で七歳で右足切断、さらに差別されて生きてきた。私と出会ったときは十九歳、それで私はこの人より一日でも永く生きて老後の不自由はさせない。老後は決してヨブにしない」

「なるほど、奥さん、よく判りました。男は誰でも女房より一日先に死にたい。ご主人ならなおのことでしょう。神さまはヨブを作って、自分の虚栄心を満足させたいのですかね」

妻は私より一日でも永く生きて私を看取ると鮨屋の主人にもいったが、思惑はそういうふうに都合よくいかなかった。

退院して三ヵ月ほど経つと排尿困難を起こし、腰に痛みもあって、モルヒネ系の痛みどめの薬を飲みはじめた。さらにマーカーの数値が上り、尿を取って貰うようになり、三度目の入院が始まった。するとそういう私を追いかけるように今度は妻まで膀胱から出血し、写真を撮った結果、小さいが癌の影らしいものが膀胱に二つあることが判って、同室に入院した。そこは神父と私がかつて五日間いっしょだった二人部屋で、妻は夫婦揃って泌尿器科に入院するなんて恥ずかしいわ。それとも仲がよいからって言われるかしらと言った。しかし間もなくそんな悠長なことを言っていられないことが起こった。初診は妻は癌らしき影があり、他にはそういう影がないから、かりに癌であってもその二個所くらいのものと医師たちはたかをくくっていた。しかし大学病院から来た検査結果は一刻も早く切除をすすめていた。妻の膀胱の手術は夜の六時から始まり十時頃おわったが、膀胱は剔出しなかった。開けてみると、癌は見えない影でひろがっていた。腸閉塞をも起こしており、人工肛門をつけた。

翌日私は主治医に呼ばれた。あまりにも意外な病状に私は耳を疑った。しかし主治医は「私もはじめて見るかなり進行の早い癌で途方に暮れている」と言った。麻酔が醒めたあと妻は、膀胱が剔出されていないことを知ると、「騙されたわ」と言った。事実は喋れなかった。普通の女性なら人工肛門を悲しむというが、逆に妻は人工肛門を見て、可愛いわと言い、その後で、私もようやくあなたといっしょね、あなたは七歳から義足だったけど、私は七十過ぎて、あなたと同じに人工の力をかりるのだから、ずっと恵まれていると言った。

からだ中くだだらけだが、治ったら、今度は障害者として、あなたといっしょに生きられると思うと、感慨一入だとも言った。身体障害者手帳を貰うと、私と同じ三級のもので、そのえび茶色の手帳を私に見せて、これもあなたと同じものね、いつかはあなたと同じになりたいと思ったけど、これですべてが叶えられた。ただ困るのは以前のようにあなたのために何かしてあげられないことだけね。

術後は顔色もよかった。奇蹟でも起こったかと思ったが、錯覚にすぎず、妻は術後、放射線を二十六回かけた。それが膀胱の癌を小さくする最後の手段だった。私もいっしょに、専門医のところへ転院して放射線をかけた。妻の場合その効果はあまりなかった。それでも数ヵ月生きのびた、六月二十二日夜十時頃、一雫の悔し涙を流し、それを私の指で拭うとさらにどっと涙があふれて事切れた。

すでに私は放射線が効いて骨に転移していた癌の痛みも少なくなり、排尿の通りもよくなっていていつでも退院でき、妻の死体といっしょに家へ帰った。「私が死んでも誰も呼ばずに、あなたの傍にバラといっしょに寝かせて下さい、それが私の望み」しかし人間は死ぬと公の存在になり、人を呼ばないわけにはいかなかった。

喪の仕事がすんでマンションの一室に妻の写真と骨箱だけになると、忍びよって来るのは、二度目の私の手術のとき、妻が病室で語った深淵という正体不明の恐怖だった。自分がその深淵の虜になる怖さを縷々と述べたが、私より先に逝った妻はその深淵を私に残していったのである。妻を喪って私ははじめて深淵なるものが何かを知った。それは恐怖でも、果てしない闇の空間でもない。想像力ではそういうものであっても、現実に妻を喪って一人取り残された私には、深淵とは怺えられない淋しさであった。悲しみは克服できても、淋しさにはなすすべがないのである。妻の死後、とつぜん三倍も永く感じられる夜の空間には今まで感じられていた妻の温もりも夫婦の生活も、会話も何もなかった。それが深淵なのである。妻は過去の言葉だけになった。死期が迫ると妻のまなざしも、心の振幅も変った。まともに顔を見るのが辛くなった。すでに妻は自分の死を悟っていた。

「治ると思って頑張っているんだけど、どんどん悪い方へいき、ある日、とつぜん死ぬかもしれないのね」そう言ったあとで目尻に涙をためた。「私は嘘をついたんじゃないわ。

神や仏があればこんなに辛い思いをしてないと思う。片足のあなたを置いて先に逝けないと頑張っているんだけれど、私の命を奪いに来ている。今も気力をしぼってあなたを看取るまで死ねないと思っているのに、死の足音がどんどん迫って来ているの……。私が死んでも、朝になると太陽があがるわね。夜には星や月が出る。何もこの世の中は変らない。でも、あなたは私が先に死んだらどうなるの……」

私は無言で妻の手を握るしかなかった。多分数ヵ月まえ、妻は自分がこんな運命になるとは思わなかったにちがいない。「人は死ぬから生まれて来たのだけれど、死なんてないわ、みんな生きてるもの。私だけが一人で死んでいくのね……」目尻の涙を拭くと、また涙が流れて来た。私には妻の死が信じられなかった。納得もいかない。すると主治医はこんな話をした。「看病していた奥さんがあとで癌になったのに、先に死ぬという例は少なくないんです。ご主人の場合もそうです」私ははじめて判った。真夜中の旅人とは、私や神父のことではなかった。死期を悟った妻のことで、妻は私が寝しずまったあと、死に行く道を見つめながら、真夜中になると悔しさを噛み殺して嗚咽していたのであった。

妻の死後も私は前立腺癌の治療に通院していた。二度目のＣＴで脊髄に癌の転移が判り、十六回放射線をかけることになって放射線科に通った。私はすでに生きる気力もなく、一人で生きていく意味も摑めなかった。

放射線科の医師は言った。「痛みを取り除き、死の仕度をすると思えばいいでしょう。死刑囚も虫歯を治したり、内臓の診断をして刑の執行を待つそうですよ」

「私も、妻を喪って、とうとう片足で苦悩するヨブにされました」

三

妻の死から三ヵ月ほどたったある日、新聞の死亡広告に目を瞠った。高村神父の死を伝えていたからである。そこには入院加療中のところ十月十二日午後十時十二分七十八歳をもって大修道院長高村広倫は天に召されましたとあり、通夜十四日午後六時、告別式は十五日午前十時、いずれも当別修道院大聖堂にて致しますということだった。

私は、戦争の話をさせて下さいと言ったときの、うしろめたさから永いこと隠していた神父になるまえの出来事を話そうとしたときの、彼の、暗い陰りのある顔を思い出した。

私と遭遇しなかったなら、彼は衛生兵時代のことを言葉にする機会はなかったろう。それは永遠になかった。そういう過去は封印されて葬られていただろう。誰にでも話せることではない。私のように片足のない男に話してはじめて判って貰える内容のものだからである。神に言ったにしても、それはたんに懺悔としか受けとられないだろう。彼はまた私に秘めていた過去を話したことで、私の妻にも容易に話しかけられもしたのであった。

もし妻が生きていたら、この神父の死について何て言ったろうか。しかしその妻はすでに現世にはいない。物故者だ。呪われたように、淋しさに囚われて私だけが生きている。二日後、私は神父の死因を知った。腸に癌が転移し、その部分を切除して人工肛門をつけたそうだが、肺にも転移していたということだった。

私は書斎の窓から松林を眺めた。時間的に神父の告別のミサが始められている頃だった。

一度だけ妻と当別へ行ったことがある。海を背にゆるやかな坂道を登るとレンガ色の修道院に出る。一方は畑で片方が野原であった。畑では遠くに作業している修道士の姿が見えた。その中には、やがてここの院長になる高村神父がいたかもしれなかった。私はさわやかな風とともにゆっくりと妻の肩をかりてその野原を歩いていた。まるで昨日のことのように思い出され、草の海原を漂泊者のように精霊に吹かれながら漂っている気持でもあった。風を友に歩くにはこういう広い野原でないとだめねと妻は言った。私が立ちどまると、疲れたでしょうと顔を覗いた。

ラザロの復活と妻の死——あとがきにかえて

妻の一周忌の、坊さんが見える僅か数分まえ、娘は遺影を見つめてもう一度お母さんに会いたい、一分でいいからと言った。私も同じ思いだ。しかし、お父さん、この世にもう一度の意味が判って貰えないのが、死者に抱く生きている者の思いなのね。娘のいう通りで、なにゆえに死者の耳には生きている者のもう一度の嘆きが届かないのか。

この病は死に至らず。誰を指してのことか。ラザロのことである。しかしラザロは死んだ。マルタもマリアもラザロの死をまえに嘆き悲しんだ。イエスさえそばに居てくれていればラザロは助かったかもしれぬ。ラザロが死んで四日経って、イエスはベタニアの村に来た。いかなる名医とはいえ、死者にどんな治療が出来るだろう。

イエスは墓石をどけさせた。マルタは死後四日も経ち異臭がたちこめていると言った。しかし、イエスはそういうことには耳をかさず、墓穴に向って、「ラザロよ、起きなさい」と言った。すると奇蹟が起こったのである。ラザロは白い包帯を脱ぎ捨てて墓から出て来た。蘇生したのである。マルタもマリアもひれ伏して喜んだ。

イエスは言った。「私を信じるか」姉妹は信じると言った。この私とはイエスそのものでなく、信仰ということである、神の栄光ということである。

イエスはすでにラザロの病も死も、神の栄光のための証であることを知っていたから、墓石をどけさせたのであった。

主治医から、奥さんは心臓だけで生きていると言われた。妻は寿命と、片足のあなたを残して死ねないという可能性の時間のなかで葛藤していた。私は奇蹟を願った。しかし、妻はラザロのように甦らなかった。

シューベルトに「ラザロ」という歌曲がある。未完に終っている。復活の三楽章がない。作詞はプロテスタントの詩人アウグスト・ヘルマン・ニーマイヤー。

わたしのラザロよ　ああラザロよ
嵐のつばさで　わたしを死の丘に運び
彼のあとを追わせしめよ

マルタの唄は悲しみの極みで終る。歓喜はない。

私の『天使の微笑み』にも奇蹟の三楽章はない。妻は一雫の涙を流してこと切れた。

夫婦とは何か。親子と違って血の繋がりはない。ある一定の空間、それは文学的宗教的空間の中で、相異なる遺伝子の美と謎に誘われて出遭い、永い苦労を共にして来た人生の戦友で、富美子は二枚の写真と一冊の本になって戻って来たのである。

亡くなる一年まえの、元気だった富美子
娘が作ってくれた料理をまえに、二人の孫と、私と

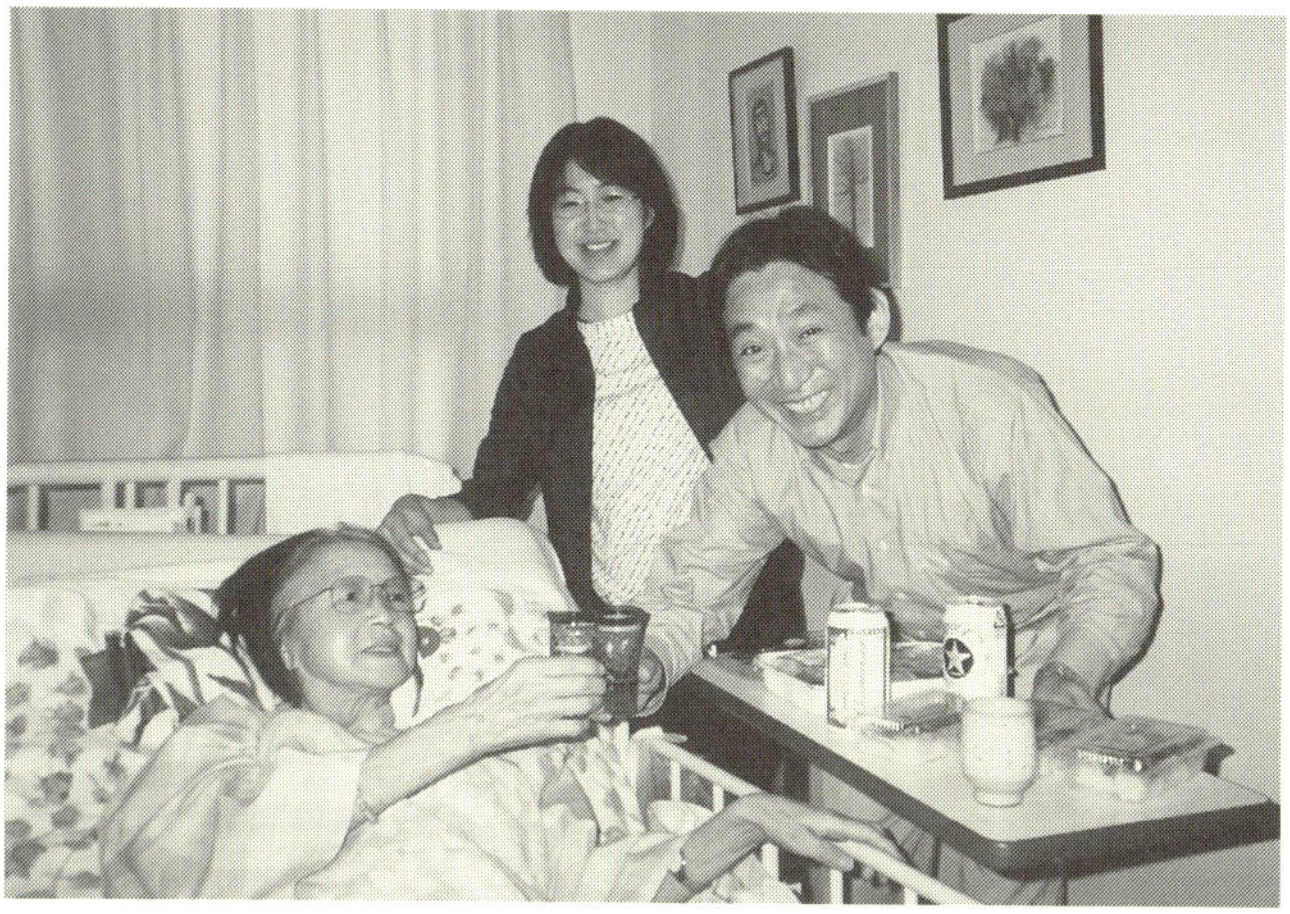

婿と娘と、好きなビールで乾杯
二週間後に逝ってしまうとは思えないほど生き生きとして

初出

天使の微笑み　「街」二〇〇三年八月号～二〇〇四年七月号
一周忌　「街」二〇〇四年八月号～二〇〇五年一月号
癌と文学　「北海道新聞」二〇〇三年十一月二十五日
真夜中の旅人　「季刊文科」二十七号　二〇〇四年五月
ラザロの復活と妻の死　「街」二〇〇五年二月号

本書収録にあたり加筆しています。

木下順一（きのしたじゅんいち）
一九二九年函館に生まれる。国学院大学中退。文部省図書館職員養成所卒。一九六二年タウン誌「街」創刊、発行者に。二〇〇五年二月号をもって休刊するまで四十三年間にわたって刊行を続ける。一九九七年第四十八回函館市文化賞、九八年第三十二回北海道新聞文学賞（『湯灌師』河出書房新社）を受賞。著書に『人形』（影書房）、『少年の日に』（河出書房新社）、『函館 街並み今・昔』（北海道新聞社）、他がある。

天使《てんし》の微笑《ほほえ》み

二〇〇五年六月二〇日 初版印刷
二〇〇五年六月三〇日 初版発行

著者 木下順一
装幀者 山元伸子
発行者 若森繁男
発行所 河出書房新社
東京都渋谷区千駄ヶ谷二―三二―二
電話 〇三―三四〇四―一二〇一営業
〇三―三四〇四―八六一一編集
http://www.kawade.co.jp/
印刷所 株式会社亨有堂印刷所
製本所 小泉製本株式会社
落丁・乱丁本はお取替えいたします
定価はカバー・帯に表示してあります

Printed in Japan
ISBN4-309-90636-2